Herzsprung-Verlag

Impressum:

Besuchen Sie uns im Internet:
www.papierfresserchen.eu

© 2025 – Herzsprung-Verlag
c/o Papierfresserchens MTM-Verlag
Mühlstraße 10 – 88085 Langenargen
info@papierfresserchen.de
Alle Rechte vorbehalten.
Erstauflage 2025

Gedruckt in Polen / Bookpress

ISBN: 978-3-99051-371-2 - Taschenbuch
ISBN: 978-3-99051-372-9 - E-Book

CHRONIKEN VON NAVADIA

DER GROSSE KRIEG -

DER WEG IN DIE DUNKELHEIT

THORSTEN E. MEIER (HRSG.)

Herzsprung-Verlag

Autorinnen + Autoren

Alyssa Westensee

Andreas Haider

Barbara Korp

Christian Rau

Dominique Goreßen

Doreen Pitzler

Flores Night

Florian Geiger

Gerald Marten

Juliane Barth

Lena Obscuritas

Luna Day

Oliver Fahn

Pamela Murtas

Paul Busch

Roswitha Böhm

Volker Liebelt

Wolfgang Rödig

Xena Blayze

Bereits erschienen:
Chroniken von Navadia – Übermorgenland

Bd. 1 Navadia - Übermorgenland
ISBN: 978-3-99051-295-1
Martina Meier (Hrsg.)

In einer dunklen, postapokalyptischen Welt, in der die Sonne und der Mond durch die Wunden eines verheerenden Krieges verdunkelt wurden, kämpft die Menschheit ums Überleben. Inmitten dieser düsteren Dystopie hat sich im 5. Jahrhundert nach dem Großen Krieg eine neue Zivilisation erhoben: die Stadt Navadia. Doch das Leben dort ist von den Wunden der Vergangenheit tief geprägt.

Inhalt

Chroniken von Navadia: Neue Ordnung

Wir schreiben den dritten Teil von Navadias Geschichte:

Nach dem großen Krieg und dem Leben in der zerstörten Welt keimt das zarte Pflänzlein „Hoffnung. Aber sind ein besseres Leben und eine neue Weltordnung in Navadia nach dem, was hier passiert ist, überhaupt möglich? Auferstanden aus Ruinen hegen die Bewohner dieses Hoffen.

Es sind auch zu dieser Ausschreibung ausdrücklich alle deutschsprachigen Autorinnen und Autoren ab 16 Jahren eingeladen, sich an dem Projekt mit ihren vielfältigen Texten zu beteiligen.

Wir sind wie immer genreoffen und freuen uns auch über experimentelle Texte. Selbstverständlich dürfen auch wieder Illustrationen eingesandt werden.

Einsendeschluss ist der 15. August 2025.

**Weitere Infos unter
www.papierfresserchen.de**

Licht in den Wolken

Wie ein gespenstisches, rußgeschwärztes Monster, jeden Moment bereit, Feuer zu speien oder mit seinem mächtigen, Stachel bewehrten Schwanz, von Vernichtungslust getrieben, wild um sich zu schlagen, standen die Ruinen von Navadia in der nebelverhangenen, wie verkohlt brachliegenden Landschaft. Ab und an bebte die Erde noch in leichten, zittrigen Vibrationen, als wollte sie warnend demonstrieren, dass noch Leben in ihr pulsierte. Das marode Alte war gegangen, nicht freiwillig, sondern sterbend und ausblutend vom Alltag des Großen Krieges. Der Tyrannomaulus Lex, einst Alleinherrscher in Navadia, hauste nun in der Belanglosigkeit seiner zertrümmerten Stadtburg im Zentrum Navadias und brüllte kein einziges Wort mehr hinaus in seine Welt des Terrors.

Es herrschte nach dem großen Diktator jetzt die Diktatur der vielen kleinen Tyrannen, welche sich in Schlachtparteien organisiert hatten, keinerlei staatlicher Ordnung oder Justiz unterworfen. Jeder dieser Clans betrachtete sich als eigener Staat im Chaos des Raubens und Mordens.

Sicher gab es viele gerechte Menschen, längst überdrüssig dieser hemmungslosen Gewalt des Terrors, die von einer besseren, friedvollen Zukunft träumten. Doch sie lebten verstreut, wer sollte sie sammeln und einigen und führen aus dem Alltag der Ängste, der Hoffnungslosigkeit und des Todes?

Freko und Freya lebten gemeinsam mit anderen aus Navadia Geflohenen auf einem Bauernhof abseits der Stadt, wo sie sich in aller Bescheidenheit eine friedliche Existenz aufgebaut hatten und für die Schlachtparteien wohl kein lohnenswertes gefundenes Fressen darstellten, man ließ sie in Ruhe.

Eines grauen Tages, und war nicht jeder Tag grau auf dem geschundenen Planeten, machten sich Freko und Freya mit ihrem Lastenvehikel auf nach Navadia, dort auf dem Zentralmarkt Waren zu tauschen und ihre Vorräte wieder aufzufüllen, da sie auf ihrem Bauernhof nicht alles Lebensnotwendige und auch jene Dinge, welche den Alltag verschönerten und erträglicher machten, selber herstellen oder anbauen konnten.

Ihre Fahrt ging durch das verbrannte Land, bis in die dunkelste Schwärze ragten die Reste eines Waldes vom alles vernichtenden Feuer des Krieges verkohlt in die stickige, graue Luft, das tote Land lag offen und niemand da, es zu beerdigen. Der schwarze Asphalt der Landstraße frei geräumt, Zerstörung und Tod freie Fahrt zu garantieren.

„Dort im Wald sind wir oft spazieren gegangen, die Rapsfelder blühten gelb", blickte Freya traumversunken aus dem Beifahrerfenster.

„Hast du die Tauschliste eingesteckt?", fragte Freko wie beiläufig.

„Ja doch", antwortete Freya knapp und ließ ihren Blick weiter über die verbrannte Landschaft schweifen.

Häuserruinen säumten zunehmend die Straße, niedergebrannte Dörfer lagen in Trümmern, Gestalten dazwischen – irgendetwas zu retten, aufzubauen oder zu betrauern. In der Ferne war das dumpfe Grollen abgefeuerter Kanonen zu hören, von ins lebendige Fleisch sägendem Maschinengewehrfeuer aufschreiend begleitet, als galt es, die Sinfonie des Krieges zu komponieren.

„Ist im Moment ja ganz ruhig draußen", sagte Freko.

„Hauptsache, in Navadia ist es ruhig, zumindest solange wir dort sind", kommentierte Freya zynisch. Was anderes als Zynismus konnte diese Welt denn auch hervorbringen.

Freko sondierte derweil die Umgebung, hielt Ausschau nach Gefahren wie den umhermarodierenden Panzerpiraten oder anderen Raub- und Mörderbanden.

„Da hinten, ich kann die Stadt schon sehen", zeigte Freya zum Frontfenster hinaus auf jenes aus Stein, Stahl, Marmor und Glas gebaute Monster, welches sich in die Schleier grauer Nebelschwaden drückte, dort ein Versteck zu finden oder einen Hinterhalt zu planen. Navadia war ohne Vororte, welche auf die Großstadt vorbereiteten. Die Stadt begann gleich am Rande mit mächtigen, teils nur noch als Ruinen zu bezeichnenden Gebäuden des Wohnens, Arbeitens und der Freizeit, jetzt allerdings nur noch wie von Gespenstern bewohnte Behausungen, in den eigenen, zertrümmerten Gedärmen stehend.

„Hey, da spielen Kinder drin", rief Freya beinahe erschrocken aus.

Als wäre nie etwas anderes da gewesen als diese Trümmerlandschaft, so spielten die Kinder ihre Abenteuer.

Zwischen den in den grauen Himmel ragenden Ruinen waren die Straßen ebenfalls frei geräumt. Einige vermummte Gestalten huschten von hier nach dort wie suchend, war es Schutz, war es Beute, verschwanden hinter dem nächsten Schuttberg, als hätten sie dort das Gesuchte gefunden. Angeschossene Vehikel jagten wie auf der Flucht vorbei oder befanden sich selbst auf der Jagd nach menschlicher Beute. Schüsse hallten. Gegen wen? War denn nicht längst alles zerschossen?

Dann hatten Freya und Freko das Zentrum von Navadia unversehrt erreicht, erledigten ihre Geschäfte, als der Gefechtslärm wie auf ein Kommando plötzlich anschwoll – in der Stadt, in der Ferne, überall schoss und explodierte es in einem ohrenbetäubenden Inferno.

„Verdammt noch mal! Hört das denn nie auf! Diese A...!", fluchte Freya, stürzte aus dem Lastenvehikel und rannte in den nächsten Hauseingang, in gebückter Haltung folgte Freko, nachdem er das Fahrzeug nach ohnehin langsamer Fahrt zum Stehen gebracht hatte.

Wieder huschten, rannten, schlichen Gestalten attackierend, flüchtend, es war nicht zu unterscheiden. Eine Granate schlug gegenüber ein, als hätte die zertrümmerte Ruine nicht schon genug gelitten, als sollte sie zur Gänze zu Staub zermahlen werden, das Schlachtfeld fruchtbar zu düngen. Doch plötzlich trat abrupt Stille ein, ebenso abrupt wie die Häuserschlacht begonnen hatte, Stille, wie man sie nur an glücklichen Tagen auf dem heimischen Bauernhof erleben durfte.

„Was ist jetzt los und was ist das da oben? Siehst du es?", zeigte Freko an den Ruinen entlang in die Höhe, bis die Augen den schmalen Spalt zwischen den zertrümmerten Häusern und dem grauen Himmel erreicht hatten.

„Ja, ich sehe es. Ist das Licht? Sieht jedenfalls danach aus", spähte nun auch Freya in die luftige Höhe empor.

Im trist grauen, wolkenbeschwerten Himmel flimmerte, flirrte und flackerte es ungezügelt wie wild durcheinander, vorher nie gekannte Farben zuckten wie Blitze, wie Wetterleuchten, doch nichts von alledem war es. Tanzte der Farbenwirbel im Wolkenhimmel real oder tanzte er im Kosmos der unbändigen Sehnsüchte und Hoffnungen auf eine friedvolle Welt? Und schon gleich darauf traten Menschen aus den Ruinen hervor, entledigten sich ihrer Waffen, begannen, miteinander zu plaudern, zu scherzen, als hätte es nie Krieg, Terror und Gewalt in Navadia gegeben.

Das Raumschiff LUMENIER kreiste auf fester Bahn bedächtig um die Erde. Expeditionsleiterin Junifee und der Astroneur Quasarius standen am großen Panoramafenster und blickten nachdenklich auf den einst blauen Planeten, dem Ziel ihrer Reise.

QUASARIUS: „Es war dringende Zeit, die Menschheit vom Debakel ihres wirren Geisteszustandes zu befreien."

JUNIFEE: „Man stelle sich einmal vor, diese Rasse dort wäre eines Tages imstande, in den Weltraum vorzustoßen."

QUASARIUS: „Wir mussten es tun, es war höchste Zeit. Seit wir die Menschheit auf ihrem Planeten beobachten, wütet sie gegen ihre Heimstatt und sich selbst und tut dieses wohl schon seit Anbeginn ihrer Existenz."

JUNIFEE: „Nur durch die allumfassende und ausnahmslos notwendige Gen-OP können wir der Menschheit eine friedvolle Zukunft eröffnen."

QUASARIUS: „Diese OP an der gesamten Menschheit war ein Akt der Notwehr. Diese zutiefst aggressive und unberechenbare Rasse und ihre Historie ist Beweis genug, stellte eine Gefahr für das gesamte Universum dar. Sie scheint von Natur aus nicht zum Frieden fähig oder willig. Hätten wir sie denn ewig belehren müssen, ohne dass die Mahnung am Ende auch nur eine Frucht getragen hätte?"

JUNIFEE: „Das Gen der Gewalt musste aus ihren Köpfen entfernt werden, wir hatten keine Wahl."

QUASARIUS: „Und das Wichtigste. Sie werden unseren kleinen Eingriff nicht einmal bemerken, halten ihr neues, besseres, friedvolles Wesen für naturgegeben und schon immer ihnen zu eigen."

JUNIFEE: „Wir können nur hoffen, sie nutzen ihre Chance, sonst werden sie sich selbst vertilgen wie nimmersatte Aasgeier. Eine zweite Chance bekommen sie nicht."

QUASARIUS: „Der Mensch muss lernen, Verantwortung für sich selbst zu tragen, darf nicht halsstarrig auf irgendwelche höheren Mächte hoffen. Und wird nicht gerade im Namen höherer Mächte Krieg und Terror verbrochen, Mächte, dem menschlichen Gelüste nach Verantwortungslosigkeit und Rechtfertigung wahllos entsprungen?

JUNIFEE: „Wir müssen weiter, es liegt noch viel Arbeit vor uns, andere Planeten warten, ob sie wollen oder nicht, auf unser Licht der Erkenntnis. Sie hatten die freie Wahl, wir geben ihnen eine letzte Chance.“

Gerald Marten, geboren 1955, lebt in Oldenburg in Holstein. Veröffentlicht seit 2001 Kurzgeschichten, Kurzprosa, Gedichte und Aphorismen verschiedenster Inhalte, von Mystery bis Politik, von Satire bis Lyrik, in Anthologien, Zeitschriften und Online-Magazinen. Zudem erschien 2002 ein satirischer Roman, 2024 sein Buch „martenart - Autobiografisches in Phantastik und Wirklichkeit“ (ohne ISBN im Selfpublishing). Zwei literarische Auszeichnungen, 2005 und 2024.

Navadia:
Auferstehung aus Ruinen

Die Sonne versank im schalen Glanz,
bald Nacht den Tag in Finsternis verbarg.
Vor langer Zeit, die Herzen weit,
war Navadia ein Paradies in Einigkeit.
Der Himmel erblühte, das Meer sang Lieder,
Land der Träume, kehrst du endlich wieder?
Ein Funke nur, mit einem Wort fing es an,
der Zorn erhob sich und der Krieg begann.
Die Erde erbebte, das Land wurde schwer,
Städte ausgerottet, Menschen gab es kaum mehr.
Staubkörner tanzten durch dieses Dunkel,
ganze Viertel entzündet wie blanke Furunkel.
Der Große Krieg überrannte im Sturm
Navadia gleich einem schmarotzenden Wurm.
Die Wurzeln der Welt zerstört,
die Hoffnung von einst unerhört.
Was blieb, waren lauter Ruinen,
die Erde als Hort voller Abgesangsbühnen.
Die Kämpfer, gefangen in Schuld,
Waffen gestreckt in glühender Ungeduld.
Wo einstmalig Eintracht regierte,
sich der Mensch zu schlachten nicht länger genierte.
Vom Himmelszelt verschwanden die Sterne,
unendliche Finsternis auch droben in der Ferne.
Wer sucht das Licht in Dunkelheit,
wird es mit Courage finden, hell und breit.
Ein neuer Anfang keimt, mein Kind,
das Werk wird vollbracht mit stürmischem Wind.
Aus Chaos und Ruinen heraus,
wächst neues Leben empor, ohne Graus.
Der Sturz war heftig, doch nicht das Ende,
er läutete ein die allmähliche Wende.

Der Große Krieg hat vieles vernichtet,
doch werden auf Trümmern neue Mauern errichtet.
Die Chroniken von Navadia sind nicht lediglich Leid,
sondern Auftakt zu einer neuen Beständigkeit.
Himmelskörper prangen, sie leben wieder auf,
die Geschichte unseres Planeten nimmt weiter ihren Lauf.
Und wer selbst etwas wagt, der wird wohl verstehen,
nach Schutt und Asche kann es endlich vorwärtsgehen.

Oliver Fahn, *geboren am 21. März 1980 in Pfaffenhofen an der Ilm, Oberbayern, ist ein vielseitiger Autor. Seine Werke sind unter anderem bei DUM, Radieschen, eXperimenta und etcetera erschienen. Zudem wurden seine Texte von der Stadt St. Pölten und der Friedrich-Naumann-Stiftung veröffentlicht. Gemeinsam mit der Schriftstellerin Polina Jäger nimmt er regelmäßig an Wettbewerben teil.*

Der Puls der Erde

Der Puls durchdrang alles. Ein dumpfer, vibrierender Ton, der die Luft selbst zum Zittern brachte – tief und gleichmäßig wie der Herzschlag eines uralten Wesens. Die Welt um sie herum war in düsteres Zwielicht getaucht – der Himmel ein Gemälde aus aschgrauen Wolken, der Boden ein Friedhof aus zerbrochenen Steinen und Kristallen, die in einem unheimlichen, bläulichen Licht pulsierten. Die Stille war erdrückend, nur durchbrochen von diesem allgegenwärtigen Ton, der durch Mark und Bein ging.

Kane erwachte als Erster. Mit einem Stöhnen, das mehr Frustration als Schmerz ausdrückte, richtete er sich auf. Sein Gesicht war eine groteske Maske aus Dreck und getrocknetem Blut, doch seine Mundwinkel verzogen sich zu diesem typischen, bitteren Lächeln. „Fantastisch. Die Party ist vorbei und niemand hat sich die Mühe gemacht, mich zu wecken. Geschichte meines Lebens."

Eine schlanke Gestalt erhob sich neben ihm – Aila. Ihre Bewegungen waren katzenhaft, präzise, als erwartete sie jeden Moment einen Angriff. Mit geübtem Blick musterte sie ihre Umgebung, während ihre Hand eine verbogene Metallstange aus den Trümmern zog. „Wenn das hier eine Party war", knurrte sie, „dann möchte ich verdammt noch mal wissen, wer die Gastgeber waren."

„Bitte ... nicht so laut ..." Die Stimme war kaum mehr als ein Flüstern. Eryn kroch zitternd aus einem eingestürzten Betonblock hervor. Ihr sonst so ordentliches Haar hing ihr wirr ins Gesicht und ihre Hände bebten, als versuchten sie, etwas Unsichtbares festzuhalten. Sie wirkte wie ein verschrecktes Reh, das jeden Moment die Flucht ergreifen könnte.

„Na perfekt", spottete Kane und klopfte sich demonstrativ den Staub von seiner zerschlissenen Hose. „Das Dream-Team ist wieder vereint: die Kriegerin, der Zyniker und das Mauerblümchen. Was könnte schon schiefgehen?"

„Halt die Klappe, Kane!" Ailas Stimme hatte einen gefährlichen Unterton. Sie warf Eryn einen prüfenden Blick zu. „Bist du verletzt?"

Eryn schüttelte stumm den Kopf, ihre Aufmerksamkeit bereits auf etwas anderes gerichtet. Im Zentrum der Ruinen schwebte eine Kugel, nicht größer als ein menschlicher Schädel. Sie pulsierte in einem hypnotischen, bläulichen Licht, synchron mit dem tiefen Ton, der die Luft erfüllte.

„Was zur Hölle ist das für ein Ding?" Kane starrte auf das schwebende Objekt, seine Stirn in tiefe Falten gelegt.

„Sieht nicht nach etwas aus, das man anfassen sollte", murmelte Aila, während ihre Hände die Metallstange fester umklammerten.

„Es ... es ruft uns." Eryns Stimme hatte einen seltsam entrückten Klang. Sie trat einen Schritt näher, ihre Augen wie magisch von der Kugel angezogen.

„Oh, natürlich ruft es uns", höhnte Kane. „Vielleicht möchte es auch unsere Handynummern und lädt uns zum Kaffee ein!"

Aila ignorierte seinen Sarkasmus und stellte sich schützend vor Eryn. „Bleib zurück. Wir wissen nicht, was das ist."

In diesem Moment intensivierte sich das Licht der Kugel und mit ihm der Puls. Es war, als würde die Erde selbst erbeben, als wollte sie eine uralte Botschaft übermitteln.

Eryn presste die Hände auf ihre Ohren und keuchte: „Es spricht, ... es will, dass wir kommen ..."

„Was?" Ailas Augen verengten sich misstrauisch.

„Ich höre nur ein nervtötendes Brummen", murrte Kane, machte aber unwillkürlich einen Schritt zurück.

„Es ist wichtig", flüsterte Eryn mit einer Intensität, die die anderen innehalten ließ. „Wir müssen ..."

Das Licht der Kugel flackerte plötzlich und ein unnatürlicher Schatten legte sich über die Szenerie. Von irgendwo in der Ferne drang ein Geräusch heran – schwer und dumpf wie rollendes Gewitter. Aila fluchte leise. „Das gefällt mir ganz und gar nicht."

„Ach was? Mir kommt das alles total normal vor." Kanes Stimme triefte vor Sarkasmus, aber seine Augen huschten nervös umher.

Eryn schloss die Augen, ihr ganzer Körper bebte – und dann sprach sie mit einer Stimme, die nicht ihre eigene war: „Es beginnt."

Der Schatten, der sich über sie legte, war anders als alles, was sie kannten. Er hatte Gewicht, Substanz, als wäre die Dunkelheit selbst lebendig geworden. Der Puls wurde langsamer, tiefer – wie eine unterschwellige Drohung.

„Wir verschwinden. Jetzt sofort." Ailas Stimme duldete keinen Widerspruch.

„Brillanter Plan", spottete Kane. „Und wohin, wenn ich fragen darf? Sollen wir die magische Schwebekugel nach dem Weg fragen?"

Aila warf ihm einen Blick zu, der Stahl hätte schneiden können. Doch bevor sie kontern konnte, meldete sich Eryn zu Wort – ihre Stimme zwar zittrig, aber mit unerwarteter Bestimmtheit: „Nach Osten. Wir müssen nach Osten gehen."

„Und woher weißt du das?" Ailas Ton war skeptisch.

Eryn deutete auf die kaum noch sichtbare, flackernde Kugel. „Es ... es zeigt uns den Weg. Ich weiß, das klingt verrückt, aber ich spüre es einfach."

„Na toll." Kane verdrehte die Augen. „Wir folgen also den mystischen Eingebungen unserer hauseigenen Hellseherin. Was könnte dabei schon schiefgehen?"

„Hast du einen besseren Vorschlag?" Aila trat einen Schritt auf ihn zu, die Metallstange drohend erhoben.

Kane hob abwehrend die Hände. „Hey, von mir aus. Aber wenn wir alle sterben, sage ich's nur ungern: Ich hab's euch gesagt."

Eryn hatte sich bereits in Bewegung gesetzt, ihre Schritte vorsichtig, aber zielstrebig, als würde eine unsichtbare Kraft sie leiten. Die Kugel hatte sie behutsam aufgehoben und in ihrer Jackentasche verstaut.

Der Weg nach Osten führte sie durch eine Landschaft, die aus einem Albtraum entsprungen schien. Die Erde selbst wirkte verzerrt und krank: Kristallformationen durchbrachen den Boden wie gigantische Dornen, pulsierend im gleichen Rhythmus wie die Kugel. Umgestürzte Bäume waren von einer schwarzen, öligen Substanz überzogen, die wie geronnenes Blut wirkte. Die Luft war schwer von fremdartigem Gestank – metallisch, faulig, falsch.

Nach einer gefühlten Ewigkeit brach Kane das beklemmende Schweigen: „Geht es nur mir so oder sieht hier alles gleich aus?"

„Sei still", zischte Aila. „Irgendetwas ist hier ..."

Ein Geräusch ließ sie alle erstarren – ein Kratzen, ein Rascheln, viel zu nah. Aila hob ihre Waffe, während Kane einen Fluch murmelte. Aus der Dunkelheit trat eine Gestalt. Sie war einmal ein Mensch gewesen, so viel war klar. Jetzt war sie eine groteske Parodie – graue, sich ablösende Haut, Augen, die in einem krankhaften Gelb glühten.

Fetzen einer Uniform hingen an ihrem Körper, schwer von Dreck und der schwarzen, öligen Substanz.

„Keinen Schritt näher!" Ailas Stimme war hart wie Stahl.

Der Kreatur öffnete den Mund und eine verzerrte Stimme drang hervor: „Der Puls ... ist Leben ... ist Tod ..."

Eryn keuchte auf, ihre Hand unwillkürlich zur Tasche mit der Kugel wandernd.

„Sorry, Kumpel", rief Kane, „aber dein Philosophiekurs interessiert uns gerade nicht!"

„Der Puls ... ruft alle ... zurück." Die Kreatur machte einen weiteren Schritt, ihr Körper zuckend wie eine kaputte Marionette. Mit einem unmenschlichen Schrei stürzte sie sich vorwärts.

„Runter!" Aila warf sich zwischen den Angreifer und ihre Gefährten. Die Metallstange kreiste durch die Luft, traf auf unnachgiebiges Fleisch. Die Kreatur war unnatürlich stark, ihre Bewegungen zu schnell für ihre verwesende Gestalt.

„Eryn!", schrie Kane. „Tu was mit deinem magischen Ball oder was das Ding sein soll!"

Eryns Hände zitterten, als sie die Kugel hervorzog. Das Objekt pulsierte stärker, sein Licht wurde intensiver. Die Kreatur erstarrte mitten in der Bewegung, ihre gelb glühenden Augen fixierten die Kugel.

„Was ... tust du?", keuchte Aila, während sie sich in Verteidigungsposition brachte.

„Ich ... ich weiß es nicht", flüsterte Eryn. „Aber es will helfen ..."

Die Kugel in ihren Händen strahlte nun so hell, dass es in den Augen schmerzte. Die Kreatur taumelte rückwärts, ein kehliger Laut drang aus ihrer Kehle – halb Schrei, halb Flüstern.

„Es will dich!" Die verzerrte Stimme hallte von den Kristallen wider. „Die Erde will dich!" Mit einem letzten, unmenschlichen Schrei brach die Kreatur zusammen. Ihr Körper zerfiel zu einer schwarzen, öligen Masse, die langsam im Boden versickerte.

„Was zur Hölle war das?" Aila stand keuchend da, ihre Knöchel weiß von der Umklammerung der Metallstange.

„Er sagte, es will mich", murmelte Eryn, ihr Blick nicht von der Stelle weichend, wo die Kreatur verschwunden war. „Aber warum?"

„Weil du das verdammte Ding angefasst hast!" Kane deutete auf die Kugel. „Vielleicht hätten wir es einfach liegenlassen sollen."

Der Boden unter ihnen begann zu vibrieren. Zuerst kaum wahrnehmbar, dann stärker. Die Luft füllte sich mit einem tiefen, dröhnenden Klang, der bis in die Knochen drang. Die Kristalle um sie herum begannen zu leuchten – heller, pulsierender, im perfekten Einklang mit der Kugel in Eryns Händen.

„Von unten", keuchte Kane. „Es kommt von …"

Der Boden brach ein. Sie stürzten, fielen durch Dunkelheit und Licht zugleich. Der Aufprall war weicher als erwartet – sie landeten auf einer seltsamen, pulsierenden Masse, die in allen Farben des Regenbogens schimmerte.

Sie befanden sich in einer gewaltigen Höhle, durchzogen von leuchtenden Adern. Im Zentrum thronte eine massive Maschine, ihre Oberfläche übersät mit den gleichen Kristallen wie die Welt über ihnen. Sie vibrierte im exakten Rhythmus der Kugel.

„Das ist es", flüsterte Eryn und trat wie in Trance näher.

„Bleib zurück!" Ailas Stimme überschlug sich fast. „Wir wissen nicht, was das ist!"

„Es ist der Ursprung", sagte Eryn tonlos. „Der Puls, … er hat uns hierhergeführt."

Die Maschine reagierte auf ihre Nähe, ihr Summen wurde tiefer. Ein schmaler Schlitz öffnete sich in ihrer Oberfläche – genau groß genug für die Kugel.

„Lass es", flehte Aila. „Wir wissen nicht, was passiert."

„Vielleicht rettet es uns alle", entgegnete Eryn.

Roswitha Böhm *ist Bloggerin, Autorin und kreative Allrounderin. Mit ihren handgefertigten Unikaten, einzigartigen Kunstwerken und humorvollen Texten bringt sie Farbe in die Welt. Ihre Arbeiten stehen für Authentizität, Nachhaltigkeit und Individualität und sind inspiriert von den kleinen, besonderen Momenten des Lebens. Gemeinsam mit ihrem Mann Ron und den Katzendamen Minou und Aronia lebt sie ihre Vision: „Die Welt muss bunter werden." Mehr über ihre Projekte und Gedankenwelten: www.Gedankenteiler.de*

Die letzte Dämmerung

In der futuristischen Stadt Navadia, mit ihren schwebenden Plattformen und glänzenden Türmen, führte Varin ein zurückgezogenes Leben. Als Archivar hütete er in einem weitläufigen Labyrinth aus geheimen und längst vergessenen Geschichten die Schätze des städtischen Archivs.

An einem schwülen Abend, als die letzten Sonnenstrahlen die Glasfassaden der Stadt in ein blutrotes Licht tauchten, saß Varin an seinem Schreibtisch. Die monoton summende Klimaanlage bot ihm eine kühle Zuflucht vor der drückenden Sommerhitze. Vertieft in einen Stapel gebundener Berichte zuckte Varin zusammen, als plötzlich leise Stimmen an sein Ohr drangen.

Das war ungewöhnlich, denn normalerweise war das Archiv zu dieser Stunde menschenleer. Varins Herzschlag beschleunigte sich, als die Stimmen näherkamen. Es waren Graaf, einer der führenden Politiker Navadias, und sein Vertrauter Morton, die in ernstem Tonfall diskutierten. Neugierig verbarg sich Varin hinter einem großen Regal, von dessen Schatten aus er die beiden Männer unbemerkt beobachten konnte.

„Die Vorbereitungen sind abgeschlossen", erklärte Graaf. „Sobald wir die Kontrolle übernehmen, wird sich alles ändern. Du wirst meine rechte Hand sein, Morton."

„Und die anderen Städte?", fragte Morton leise.

„Sie werden folgen. Ein neues Zeitalter beginnt – unser Zeitalter", entgegnete Graaf.

Nachdem sich die beiden Männer entfernt hatten, verharrte Varin noch einen Moment in seinem Versteck und schlich sich dann leise in Graafs Büro. In einer der Schubladen entdeckte er zu seinem Entsetzen genau das, was er befürchtet hatte: einen detaillierten Umsturzplan, ausgeklügelt und mit erschreckender Präzision ausgearbeitet. Die Dokumente skizzierten Pläne, die nicht nur Navadia, sondern auch die gesamte Welt an den Rand eines furchtbaren Krieges führen könnten.

Mit zitternden Händen griff Varin nach den Papieren, steckte sie schnell in seine Tasche und eilte durch die langen, dunklen Gänge. Als er die Rezeption erreichte, saß dort Roger, der ältere Pförtner, der die Nachtschicht übernahm.

„Ah, Varin! Noch so spät hier? Ist alles in Ordnung?"

„Hallo Roger. Ja, ich musste noch etwas fertigstellen. Du weißt ja, wie das ist", antwortete Varin.

Roger nickte und lächelte. „Klar, die Arbeit hört nie auf. Aber sei vorsichtig, Junge. Man sagt, die Nächte in Navadia werden kälter und die Schatten länger."

Varin verabschiedete sich und trat durch die große Eingangstür ins Freie. Es beruhigte ihn, zu wissen, dass Roger ein wachsamer Verbündeter war. Draußen atmete Varin die kühle Nachtluft ein und versuchte, seine wirbelnden Gedanken zu ordnen. Er brauchte jemanden, dem er vertrauen und der ihm helfen konnte, die brisanten Informationen öffentlich zu machen. Sofort dachte er an Lorene, eine gute Freundin.

Er fand sie in einem verborgenen Hinterhof, wo sie eine Versammlung junger Aktivisten leitete. Unter einer flackernden Glühbirne, die ihr Gesicht ungleichmäßig erleuchtete, bemerkte sie Varin. Sie zögerte kurz, beendete dann schnell das Treffen und ging auf ihn zu. „Varin, was führt dich zu so später Stunde hierher?", erkundigte sie sich.

Nervös blickte sich Varin um, bevor er antwortete: „Etwas Schwerwiegendes ist passiert, Lorene. Etwas Großes und Gefährliches." Er zog die Dokumente aus seiner Tasche und reichte sie ihr. „Ich habe Pläne aufgedeckt, die unser gesamtes Weltgefüge erschüttern könnten. Graaf plant einen Umsturz von verheerendem Ausmaß. Sein Ziel ist es, nicht nur Navadia, sondern auch alle bedeutenden Städte zu unterwerfen. Das Blutvergießen, das er dafür in Kauf nimmt, ist beispiellos."

Lorenes Augen weiteten sich beim Durchblättern der Dokumente. „Das müssen wir stoppen. Das darf einfach nicht geschehen." Sie führte Varin in einen kleinen, schlecht beleuchteten Raum, der als ihr improvisiertes Büro diente. „Wir müssen schnell handeln", sagte sie entschlossen. „Je mehr Menschen von Graafs Plan wissen, desto schwieriger wird es für ihn, ihn umzusetzen."

Plötzlich flog die Tür auf. Ein junger Aktivist, den Varin nur flüchtig kannte, stürmte atemlos herein. Sein Gesicht war bleich, seine Augen weit aufgerissen vor Angst. „Die Polizei … sie ist auf dem Weg hierher! Wir müssen …“ Er konnte seinen Satz nicht beenden.

Varin warf einen schnellen Blick durch die offenstehende Tür und sah, wie bewaffnete Polizisten in den Hinterhof eilten. „Raus hier!“, flüsterte er. Ohne zu zögern, riss er das hintere Fenster auf. Ein Schuss zerriss die Stille und traf Lorene in die Brust. Sie stöhnte und sank in seine Arme. Die Zeit schien stillzustehen. Varin hielt Lorene fest, unfähig, das Geschehene zu erfassen.

„Verlier nie den Glauben, Varin. Auch in der dunkelsten Nacht leuchten Sterne. Führe unser Licht weiter, auch wenn ich es nicht mehr kann“, flüsterte sie mit schwacher Stimme.

Innerhalb weniger Sekunden war alles vorbei. Lorenes Körper erschlaffte und ihr Kopf kippte zurück. Sie war tot. Überwältigt von Trauer und Schock registrierte Varin kaum, wie die Polizisten den Raum stürmten und ihn gewaltsam von Lorenes leblosen Körper wegzogen. Sie fesselten seine Hände und stießen ihn in ein Polizeifahrzeug. Als die Türen zuklappten, fühlte er, wie ein Teil von ihm zurückblieb, verloren in einer Nacht, die alles veränderte.

Das Gefängnis, in das man Varin brachte, war ein kaltes, düsteres Labyrinth aus Beton und Stahl. Seine Zelle, spartanisch eingerichtet mit einer harten Pritsche, einem schmutzigen Waschbecken und einer Toilette, wurde nur von einer schwachen Deckenlampe beleuchtet, deren Licht lange Schatten an die drückenden Wände warf.

Varins Gedanken kreisten unablässig um Lorene – ihren letzten Blick, ihre letzten Worte. Bevor er jedoch tiefer in seinen Erinnerungen versinken konnte, schnappte das Schloss der Zellentür auf.

Graaf trat ein, flankiert von zwei Wächtern. „Es ist bedauerlich, dich so zu sehen, Varin. Du hast großes Potenzial, das habe ich immer gesagt.“

Varin richtete sich von seiner Pritsche auf und fixierte Graaf mit einem Blick voller Verachtung und Skepsis. „Was erwarten Sie von mir?“

Graaf setzte sich ihm gegenüber. „Ich biete dir eine Möglichkeit, Varin. Eine Chance, all dies hinter dir zu lassen und eine Rolle in der neuen Ordnung zu spielen, die wir errichten.“

Varin schnaubte leise. „Eine Ordnung, die auf Lügen und Blut gebaut ist?“

„Politik ist ein komplexes Spiel, mein Junge. Manchmal erfordert sie harte Entscheidungen. Dein Fehler war es, dass du nicht erkannt hast, auf welcher Seite du stehen solltest."

„Und Roger? War es auch seine Entscheidung, mich zu verraten?"

Graaf nickte langsam. „Roger hat seine Pflicht erfüllt. Er hat seine Loyalität gegenüber der Stadt und ihren Führern unter Beweis gestellt. Etwas, das du noch lernen musst."

Die Erkenntnis, dass Roger, der Mann, dem er vertraut hatte, ihn tatsächlich verraten hatte, ließ Varin erschauern. „Was passiert, wenn ich ablehne?"

„Dann bleibt dir nur das Gefängnis. Aber das wäre bedauerlich, Varin. Du könntest so nützlich sein. Überleg es dir. Ich gebe dir Zeit zum Nachdenken." Graaf erhob sich und nickte den Wächtern zu, die die Tür schlossen, als sie den Raum verließen.

Einige Tage später erschütterten plötzlich Vibrationen das Gefängnis, schnell gefolgt von dumpfen Detonationen, die wie ferne Donnerschläge hallten. Die Wärter, sichtlich nervös, huschten flüsternd durch die Gänge.

Der Große Krieg war ausgebrochen. Die Machtergreifung durch Graaf stieß auf Widerstand von den Regierenden. Bewaffnete Gruppen, unterstützt von denen, die gegen Graafs Herrschaft waren, formierten sich rasch. Was als politischer Putsch begonnen hatte, entfesselte eine heftige Gegenreaktion und eskalierte schnell. Graaf, der das Militär auf seine Seite gezogen hatte, setzte seine Streitkräfte ein, die mit brutaler Gewalt auf jeden Widerstand reagierten.

In seiner Zelle konnte Varin nur die Geräusche des Krieges hören und die Schwingungen der Bombeneinschläge spüren. Informationen waren rar, da die Wächter selbst wenig wussten oder preisgeben wollten. Aber das Wenige, das zu ihm durchdrang, malte ein düsteres Bild von Chaos und Vernichtung.

Eines Morgens wurden Varins Grübeleien jäh unterbrochen, als die schwere Eisentür seiner Zelle mit einem knarrenden Geräusch aufschwang. Ein Wächter trat ein. „Steh auf. Du bist frei", verkündete er.

Varin, unfähig, die Worte sofort zu glauben, blieb einen Moment regungslos sitzen. „Frei? Warum? Was ist passiert?", fragte er.

„Graaf ist tot", antwortete der Wächter emotionslos. „Es ist niemand mehr da, der Befehle erteilt. Die meisten sind geflohen oder ebenfalls tot. Es hat keinen Sinn, dich weiterhin festzuhalten.“

Langsam erhob sich Varin. Der Wächter führte ihn durch die langen, verlassenen Gänge des Gefängnisses, vorbei an offenen und leeren Zellen. Als Varin das Gebäude verließ, trat er in eine Welt, die er kaum wiedererkannte. Ein grauer Schleier der Verwüstung hatte sich über Navadia gelegt und die einst glitzernde Stadt in ein Labyrinth aus Schutt und Asche verwandelt. Die schwere, mit beißendem Rauch gesättigte Luft brannte in seinen Lungen und trübte seinen Blick. Jeder seiner Schritte auf dem bröckelnden Pflaster hallte wie ein Echo der Zerstörung wider, das knirschend unter seinen Füßen nachgab.

Die Gebäude um ihn herum hatten sich in ausgehöhlte Hüllen verwandelt. Verbogene Stahlträger ragten wie die Knochen eines gigantischen Kadavers in den rauchverhangenen Himmel, während zerborstene Fenster wie leere Augenhöhlen das Elend der Stadt stumm beklagten. Die Straßen, durchzogen von tiefen Rissen und Kratern, zeugten von den brutalen Bombeneinschlägen, die diese Narben hinterlassen hatten. Das ferne Wimmern des Windes, der durch die zerbrochenen Fenster und über die Trümmer strich, verlieh der Szenerie eine gespenstische Melodie.

Der Krieg hatte mit unvorstellbarer Härte zugeschlagen. Raketen und schwere Artillerie hatten ganze Stadtviertel dem Erdboden gleichgemacht. Überall waren die verheerenden Folgen dieser Angriffe sichtbar: Stromleitungen hingen schlaff von ihren Masten und Rauchschwaden von entfernten Bränden verdunkelten den Himmel, als wäre die Sonne selbst erloschen.

Als Varin durch die verwüsteten Straßen Navadias streifte, stieß er auf die Überreste eines Elektronikladens. Glassplitter und Schutt bedeckten das zerbrochene Schaufenster. Inmitten der Trümmer fand er ein noch funktionsfähiges Radio. Er drehte an dem verstaubten Knopf und plötzlich durchbrach die brüchige Stimme eines Nachrichtensprechers die Stille. Die Berichte über Städte, die weltweit zu Ruinen zerfielen, ließen Varin erstarren. Die Menschheit balancierte am Abgrund des Untergangs, zerrissen von der grenzenlosen Machtgier, die diesen Krieg entfacht hatte.

Schweren Herzens verließ Varin den Laden. Ein drückendes Gefühl der Beklemmung umschloss seine Brust, schwer wie der Schutt, der die Straßen säumte. Bilder des alten Navadia – das Lachen in den Cafés, spielende Kinder in den Parks, das geschäftige Treiben des Marktplatzes – tanzten vor seinen Augen. Jedes zerstörte Gebäude, jede aufgerissene Straße, jede verlassene Ruine stachen wie Messer in sein Herz. Varin fühlte sich verloren und allein.

Doch schon bald stieß er auf andere Überlebende, die sich in einem halb eingestürzten Keller versammelt hatten. In den folgenden Wochen wuchs ihre Gruppe stetig. Gemeinsam schmiedeten sie Pläne für die Zukunft und träumten davon, Navadia neu zu errichten.

Während dieser Zeit reflektierte Varin oft die Paradoxe der menschlichen Natur: unsere Fähigkeit zu zerstören und zu erschaffen, zu herrschen und zu dienen, zu lieben und zu hassen.

Eines Abends, als er auf die rauchenden Überreste der alten Stadtgrenze blickte, murmelte er: „Die wahre Herausforderung liegt vielleicht nicht nur im Aufbau einer neuen Stadt, sondern in der Schaffung eines neuen Menschseins."

Volker Liebelt, Jahrgang 1966, lebt in dem idyllischen Öhringen, einer Stadt, die seine Inspiration und Heimat gleichermaßen ist. Sein Schreibstil zeichnet sich durch die Fähigkeit aus, lebendige Bilder und Emotionen zu erzeugen, die die Leser tief in die Handlung eintauchen lassen. Mit seiner Geschichte „Die vergessenen Pfade" ist er bereits im zweiten Teil der Chroniken von Navadia vertreten. Natürlich lässt er es sich nicht nehmen, auch über die Ereignisse zu schreiben, die zuvor geschahen.

Menschheitsdunkel

Es ist gescheh'n, entbrannt der große Krieg,
von den ihn Fürchtenden heraufbeschworen.
Der Menschenvölker Führer schrien: „Sieg!",
obwohl sie wussten, alles wird verloren.

's ließ ihre Gier nach Reichtum, Ruhm und Macht
den Friedensruf der Aufrechten ersterben.
Im Weltenbrand, von Neid und Hass entfacht,
das ganze Erdensein wohl soll verderben.

Befehligende, nun regiert vom Tod,
mit Heer'n und Schar'n in Blutströmen versunken!
Der Menschheit immerwähr'ndes Dunkel droht.
Doch existiert ein letzter Hoffnungsfunken.

Navadia, verheiß'ne Zufluchtsstätte,
die einst bekrönte Schöpfung noch errette!

Wolfgang Rödig *lebt in Mitterfels. Er hat bislang mehr als 900 belle-tristische Kurztexte in Anthologien, Literaturzeitschriften, Tageszeitun-gen, Magazinen und Kalendern sowie die Gedichtbände „Punkt – Nach Komma, Strich und Faden" und „Apfel auf Tisch vor Hintergrund – Dazwischen Zwischenräume" veröffentlicht.*

Waffenstillstand

Als meine Ur-Großmutter mir als Kind die Geschichten der längst in Vergessenheit geratenen Kriege erzählt hat, habe ich sie für Ammenmärchen gehalten. Menschen, die nach Macht gieren und keine Angst vor Verlusten haben. Ich habe sie stets belächelt und ihr dennoch interessiert zugehört. Damals reihten sich die Geschichten mit denen über Zauberer, Einhörner und Meerjungfrauen ein – Dinge, die es nicht gibt. Hätte ich gewusst, dass ich fünfzehn Jahre später mitten in einer dieser Geschichten stehe, hätte ich sie fester umarmt, hätte länger in ihren Armen gelegen und gesagt, dass ich sie lieb habe. Ich hätte ihr gesagt, dass ich stolz auf sie bin, denn wer so etwas überlebt, hat die höchste Anerkennung verdient.

Keuchend drücke ich mich an die Trümmer des alten Hauses. Mein Kopf dröhnt und dieses unerträgliche Piepen auf meinen Ohren will seit Tagen nicht weggehen. Noch immer sind Schüsse zu hören, einschlagende Bomben und vor allem die vielen Schreie der Menschen. Mein Blick gleitet zu Ryn, die schon seit zwei Stunden mit mir hier sitzt. Wir haben kaum ein Wort miteinander gewechselt und ich weiß, dass sie nicht auf meiner Seite ist, doch es ist ein stummes Abkommen zwischen uns entstanden – Waffenstillstand. Auch sie ist gezeichnet von diesem Krieg ohne Aussicht auf ein Ende. Mittlerweile heißt es *Jeder gegen Jeden* und ich bin mir nicht sicher, wie lange wir das hier noch schaffen. Es gibt keinen Ausweg, keine Möglichkeiten zur Flucht und keine Rettung in Sicht. Wir werden in den alten Trümmern der Schule sterben, wenn kein Wunder mehr geschieht.

„Ich dachte, ich würde für etwas kämpfen, was Sinn ergibt", fängt Ryn merklich erschöpft an zu sprechen und sofort drehe ich mich wieder zu ihr.

Obwohl ich meine Umgebung genau im Auge behalten müsste, wage ich es, sie einen Moment zu mustern. Sie ist nicht älter als ich, vielleicht zweiundzwanzig, maximal dreiundzwanzig, und sieht genauso scheiße aus, wie ich mich fühle. Ihre braunen Haare sind weiß von der Asche, ihre Haut fahl, die Augen wirken müde. Und trotzdem ist sie das perfekte Ebenbild jeder Prinzessin in den Geschichten, die mir meine Ur-Großmutter früher erzählt hat.

„Aber schau dir das hier an. Das ist doch Wahnsinn." Ihre Stimme klingt brüchig, fast wie ein Flüstern, und würde ich mich nicht genau darauf konzentrieren, würde sie in den Geräuschen des Krieges untergehen. Obwohl wir so weit weg vom Geschehen sind, fühlt es sich an, als wären wir noch immer mitten auf dem Schlachtfeld.

„Wofür kämpfst du?", frage ich vorsichtig. Wahrscheinlich sollte ich sie trösten, ihr Mut zusprechen oder dergleichen, aber wie soll ich etwas abgeben, was ich selbst nicht habe?

„Für meine Freiheit, meine Familie. Aber sie … sind tot. Einfach weg, ohne zu wissen, wie es sich anfühlt, in einer Welt ohne Hunger und Leid zu leben." Sie seufzt leise und ich meine zu erkennen, wie sie sich eine Träne wegwischt. „Und du?"

„Ich weiß es nicht", hauche ich mit rauer Stimme und schließe kurz die Augen, um meine Gedanken zu sammeln. „Ich wollte nie kämpfen und doch … stehe ich nun hier. Wenn man angegriffen wird, hat man keine Wahl."

Ryn dreht ihren Kopf zu mir und ich bin mir nicht sicher, ob ich Mitgefühl oder doch einfach nur Leid in ihrem Blick erkenne. Sie rückt näher, ihre Schulter berührt meine und kurzzeitig vergesse ich, wie Atmen funktioniert. Obwohl sie zittert, strahlt ihr Körper eine angenehme Wärme aus. Ich will etwas sagen, doch meine Worte bleiben mir im Hals stecken.

„Das alles hier ist falsch", murmelt sie und ich bin mir nicht mehr sicher, ob sie den Krieg oder diesen Augenblick meint. Als sie sich jedoch zu mir herüberbeugt und ihre trockenen Lippen auf meine legt, ist meine Frage beantwortet.

Es dauert nur den Bruchteil einer Sekunde, bis ich realisiere, was hier gerade passiert. Ich lege meine Hand an ihre Hüfte und ziehe sie näher an mich, während ich den Kuss erwidere. Die Welt um uns herum verschwimmt, die Geräusches des Krieges verblassen. Es gibt nur Ryn und mich, zwei Fremde, die das hier nicht tun sollten.

„Ich möchte ein letztes Mal fühlen, was es bedeutet, zu leben", flüstert sie voller Verzweiflung.

„Ein letztes Mal", antworte ich leise und öffne den Reißverschluss ihrer Jacke. Ihre Brust hebt und senkt sich schnell und mit zittrigen

Händen greift sie nach dem kühlen Metall meiner eigenen Jacke, um auch sie zu öffnen. Ich spüre, wie ihre Atmung immer schneller geht, wie ihre Lippen erneut meine suchen. Der Geschmack von Asche und Blut vermischt sich mit etwas, das nach Hoffnung schmeckt – oder vielleicht ist es nur die Illusion davon.

Ich streiche mit meinen Händen über ihre Taille, fahre unter den Stoff ihrer zerschlissenen Kleidung. Ihre Hose öffne ich nur, alles andere wäre zu riskant. Mit meinem Finger streiche ich den dünnen Stoff ihres Slips zur Seite und übe Druck auf ihren Kitzler aus. Es ist nicht viel und doch ist dieser Moment so intensiv, dass mir ein leises Japsen entfleucht, als sie sich mir stöhnend entgegenbäumt.

„Nicht aufhören", fleht sie, doch daran würde ich im Traum nicht denken. Ihre Hände klammern sich an meine Schultern und ich gebe ihr den Halt, den sie sucht, nur zu gern. Meine Bewegungen werden nicht schneller, dafür aber immer intensiver. Die Welt um uns herum steht in Flammen, aber für diesen Augenblick ist das egal. Ihr heiseres Wimmern, als der Orgasmus ihren Körper überrollt, ist leiser als alles um uns herum, doch es ist das einzige Geräusch, was mich interessiert. Ryn ist nur eine Fremde, ein Feind, der diesen Krieg so sehr hasst wie ich, und vielleicht hat uns genau das zusammengebracht. In dieser Ruine kann uns niemand sagen, was wir tun sollen. Das entscheiden allein wir. Wir wissen nicht, was die Zukunft bringt und ob wir überhaupt ein Teil davon sein werden, aber wir wissen, dass wir diesen letzten Moment haben. Ein letzter Moment der Selbstbestimmung, der freien Entscheidung.

***Flores Night** ist das Pseudonym einer Dark Romance Autorin, die ihre Kurzgeschichten gern im Verborgenen schreibt.*

Unter dem Beton

Die stickige Atmosphäre des Bunkers lastete schwer auf ihren Lungen, ein metallischer Geschmack lag auf ihrer Zunge. An der Decke kämpften autonome LED-Streifen gegen die erdrückende Dunkelheit an. Ihr schwaches Licht war ein Lebenszeichen – ein Beweis dafür, dass der alte Solargenerator an der Oberfläche noch den feindlichen Drohnen trotzte. Die beiden Kinder hatten in dem grauen Käfig aus Beton und Stahl jedes Zeitgefühl verloren. Tage? Wochen? Es spielte keine Rolle mehr. Nur die wiederkehrenden Phasen des Schlafes gaben ihnen einen vagen Rhythmus. Anfangs hatten sie geglaubt, der Lärm von oben würde ihnen jede Ruhe rauben. Doch die Erschöpfung erwies sich als stärker und ließ sie immer wieder in einen unruhigen Schlummer sinken.

Der Bunker war zu ihrer Welt geworden, doch die Geräusche von der Oberfläche erinnerten sie ständig an die Bedrohung, die dort lauerte. Das Dröhnen der Drohnen, gedämpft durch Meter von Beton, ließ sie zusammenzucken. Jedes Mal, wenn es lauter wurde, hielten sie den Atem an – würde dies der Moment sein, in dem ihr letzter Schutz durchbrochen wurde?

In der Stille zwischen den Angriffen konzentrierten sie sich auf das Nötigste: Wasser, rationiert aus den Vorräten, jeder Tropfen kostbar. Konserven und Energieriegel, fade, aber lebenswichtig.

Lisa kauerte auf einer Kiste mit Notrationen, ihr Blick gebannt auf den kleinen holografischen Projektor gerichtet – ein letztes Geschenk ihres Vaters, bevor er an die Front beordert wurde. Das Gerät flackerte unruhig, projizierte in endloser Schleife Bilder einer längst verlorenen Welt: eine sattgrüne Wiese unter azurblauem Himmel. Es war eine Wirklichkeit, nach der sich Lisa sehnte, die aber schon lange vor ihrer Flucht in den Untergrund aufgehört hatte zu existieren.

Daneben hockte Max, in seinen Händen ein kleiner Roboterhund, dessen Batterien sich dem Ende zuneigten. Das leise Surren seiner mechanischen Bewegungen durchbrach kaum die beklemmende Stille, die herrschte, wenn Feuerpause war.

Der Bunker, einst Zuflucht und Rettung, war zu ihrem Gefängnis geworden. Die massiven Betonwände boten Schutz vor der Vernichtung draußen, schlossen sie aber gleichzeitig in eine klaustrophobische Realität ein. In diesem grauen Labyrinth aus Beton und Stahl sehnten sie sich nach der Freiheit, die sie nur noch aus den flimmernden Hologrammen kannten.

Die Tage vor ihrer Flucht in den Untergrund hatten sich für immer in ihr Gedächtnis eingebrannt. Auf Großbildschirmen flimmerten apokalyptische Szenen: einst vertraute Urlaubsorte, nun Schauplätze der Verwüstung. Zerstörte Städte, lichterloh brennende Häuser und Menschen, denen die Verzweiflung ins Gesicht geschrieben stand.

„Glaubst du, unser Haus steht noch?", flüsterte Max, seine Stimme kaum hörbar über dem dumpfen Grollen von oben.

Lisa zuckte mit den Schultern, ihr Blick war leer. „Wer weiß. Bisher haben sie uns verschont. Zu klein, zu unbedeutend, haben sie gesagt."

Ihr Heimatdorf war lange unter dem Radar geblieben, ein vergessener Fleck auf der Landkarte des Krieges. Bodentruppen kamen und gingen wie die Gezeiten, aber der Schrecken aus der Luft war lange ausgeblieben. Bis vor einigen Tagen.

Ein besonders lautes Donnern ließ die Kinder aufschrecken. Luftangriffe waren der Inbegriff des Schreckens – unsichtbar, unberechenbar, erbarmungslos. „Wie Gespenster", hatte Max einmal geflüstert, „man sieht sie nicht kommen, aber plötzlich ist alles anders."

Mit zitternden Händen aktivierte Lisa ihr Tablet, ihr letztes Fenster zur Außenwelt. Die Nachrichten waren ein Kaleidoskop von Triumph und Untergang. *Befreiung steht bevor*, verkündete eine Schlagzeile hoffnungsvoll. *Der Feind rückt unaufhaltsam vor*, berichtete eine andere panisch.

„Werden wir gewinnen?", fragte Max leise, den Blick flehend auf Lisa gerichtet, als könne sie aus dem Chaos der Informationen eine klare Antwort destillieren.

Lisa seufzte schwer, die Last der Ungewissheit lastete auf ihren Schultern. „Ich weiß es nicht. Ich weiß nicht einmal mehr, was *gewinnen* bedeutet." In dieser Welt der verschwommenen Fronten war jede Gewissheit zerbrochen. Wer war Freund, wer Feind? Würde man am Ende befreit oder erobert werden? In der Stille des Bunkers hallten diese Fragen unbeantwortet nach.

Lisa fühlte sich verloren und so hilflos – ihr fehlten die Worte, um die Stille des Bunkers zu füllen und ihren kleinen Bruder zu beruhigen.

„Oma", flüsterte Lisa schließlich und legte den Projektor zur Seite. „Erzähl uns von früher. Von den Kriegen, die du erlebt hast."

Die Großmutter saß auf einer alten Metallbank in der Ecke des Raumes. Ihr Gesicht war von tiefen Falten durchzogen, jede einzelne die Spur eines Lebens voller Verluste und Kämpfe. Aber ihre Augen waren klar und wachsam, die Augen einer Frau, die gelernt hatte, zu überleben. Sie trug einen einfachen grauen Overall, wie alle hier unten, aber an ihrer Brust hing eine kleine silberne Medaille. Ein Relikt aus einer anderen Zeit.

„Wollt ihr von früher hören?" Ihre Stimme war ruhig, aber bestimmt. „Von den Kriegen?"

Die Kinder nickten eifrig. Sie wollten von der Angst abgelenkt werden, die wie ein unsichtbarer Nebel im Raum hing.

„Gut", sagte sie und lehnte sich zurück. „Ich erzähle euch, wie es damals war – im letzten großen Krieg."

„Das ist viele Jahre her", begann sie und schloss für einen Moment die Augen. „Damals hatten wir noch keine autonomen Kriegsmaschinen oder orbitale Waffenplattformen wie heute. Aber es war trotzdem brutal. Städte wurden zerstört, Menschen mussten fliehen – genau wie heute."

Die Großmutter lehnte sich zurück und ihre Augen wurden nachdenklich. „Wisst ihr, was ich damals am traurigsten fand?", fragte sie und beantwortete ihre Frage gleich selbst. „Wir verschwenden so unglaublich viel Geld für die Zerstörung, obwohl wir die Mittel hätten, die Welt zu verändern."

Sie sprach leise, aber überzeugt. „Ein Kampfflugzeug könnte hundert Schulen finanzieren. Kasernen könnten in Wohnungen umgewandelt werden. Militärbudgets könnten in Bildung, Gesundheit und soziale Infrastruktur investiert werden. Statt Waffen zu produzieren, könnten wir Menschen helfen. Obdachlose beherbergen. Bildung für alle ermöglichen. Die Umwelt schützen. Aber wir entscheiden uns dafür, Land zu erobern, das uns nicht gehört. Menschen zu töten, die gezwungen oder manipuliert wurden, in diesem Krieg zu kämpfen. Oder Menschen, die einfach nur das Pech hatten, im falschen Land geboren zu sein."

Lisa unterbrach sie: „Aber Oma, nach dem Krieg ist doch damals alles besser geworden, oder? Die Menschen haben doch daraus gelernt, oder?"

Die Großmutter lächelte bitter. „Das habe ich auch gedacht, zumindest eine Zeit lang." Sie blickte auf ihre Hände, als sähe sie dort die Bilder der Vergangenheit. „Nach dem Krieg haben wir uns geschworen: Nie wieder! Es gab Friedensverträge, neue Technologien sollten uns helfen, eine bessere Welt aufzubauen. Wir hatten alles: saubere Energiequellen, künstliche Intelligenzen, die unsere Probleme lösen sollten ... Aber weißt du, was passiert ist?"

Die Kinder schüttelten die Köpfe.

„Die Menschen haben sich nicht verändert", sagte sie leise. „Sie haben neue Gründe gefunden, um zu kämpfen – um Ressourcen, um Macht, um Ideologien. Und irgendwann kämpften nicht mehr nur Menschen gegen Menschen. Es waren Maschinen gegen Maschinen. Technologie gegen Technologie. Giftgas gegen Giftgas. Virus gegen Virus. Jeder gegen jeden. Alles gegen alles."

Max schaute auf seinen Roboterhund und fragte zögernd: „Aber warum nicht miteinander? Warum helfen sich die Menschen nicht einfach? Warum müssen sie immer kämpfen?"

Die Großmutter seufzte tief. „Das habe ich mich auch oft gefragt", sagte sie und legte Max die Hand auf die Schulter. „Aber eines habe ich gelernt: Wenn wir überleben wollen, wirklich überleben wollen, dann müssen wir uns umeinander kümmern. Egal, woher jemand kommt oder was er glaubt." Die Großmutter sah den fragenden Blick in den Augen ihrer Enkel. Sie wusste, ihre Worte waren jetzt wichtiger denn je.

„Wisst ihr", begann sie mit leiser, aber bestimmter Stimme, „in all diesen Jahren habe ich gelernt, dass der wahre Fortschritt nicht in unseren Maschinen oder Waffen liegt. Er liegt in unseren Herzen."

Lisa runzelte die Stirn. „Aber Oma, all die tollen Erfindungen haben uns doch geholfen, oder?"

Die alte Frau nickte langsam. „Ja, das haben sie. Aber schau, wo wir jetzt sind. Trotz all unserer Technik sitzen wir hier im Bunker, versteckt vor den Schrecken, die wir selbst geschaffen haben."

Max drückte seinen Roboterhund fester. „Was hätten wir denn anders machen sollen?"

Die Großmutter lächelte sanft. „Es geht nicht darum, was wir erfinden oder erschaffen. Es geht darum, wie wir miteinander umgehen. Empathie, Mitgefühl, Verständnis für andere – das sind die Dinge, die uns wirklich weiterbringen." Sie hielt einen Moment inne und fuhr dann fort: „Stellen wir uns vor, wir hätten all die Energie, die wir in Kriege gesteckt haben, darauf verwendet, einander zu verstehen und zu helfen. Wie anders würde unsere Welt aussehen."

Lisas Augen weiteten sich. „Meinst du, wir könnten dann oben ohne Angst leben?"

„Genau das meine ich", antwortete die Großmutter. „Wenn wir lernen, füreinander da zu sein, egal woher jemand kommt oder wie er aussieht, dann sichern wir nicht nur unser Überleben. Wir schaffen eine Welt, in der wir wirklich leben wollen."

Sie schaut in die Gesichter ihrer Enkelkinder und lächelt traurig. „Ich hoffe so sehr, dass dies der letzte Krieg ist. Dass wir endlich aus der Vergangenheit lernen. Nach jedem Krieg gibt es die Chance auf Besserung. Aber diese Chance müssen wir ergreifen – jeder Einzelne von uns."

Lisa überlegte einen Moment und fragte dann: „Glaubst du ... glaubst du, dass wir nach diesem Krieg besser werden können? Dass wir lernen können?"

Die Großmutter zögerte einen Moment und sagte dann: „Das hoffe ich sehr." Ihre Stimme klang traurig, doch nicht hoffnungslos. „Denn wenn wir es nicht tun, ... dann gibt es irgendwann kein *danach* mehr."

Gespannt starrten Max und Lisa sie an – das konnte doch nicht das Ende sein. Ihre Großmutter musste noch eine Weisheit haben, die sie mit ihnen teilen konnte. Die ihnen Hoffnung geben würde. Und sie wurden nicht enttäuscht.

„Die größte Waffe gegen den Krieg", flüsterte die Großmutter ihren Enkeln zu, „ist Verständnis. Und das beginnt mit Bildung und Mitgefühl."

Lisa griff nach dem holografischen Projektor und schaltete ihn wieder ein. Das Bild der grünen Wiese erschien wieder, flackernd und unvollständig – aber es war da. „Vielleicht schaffen wir es", sagte sie leise.

Die Großmutter nickte langsam. „Vielleicht", wiederholte sie.

Und in diesem Moment fühlten sich die Betonwände des Bunkers ein wenig weniger erdrückend an. Denn da war etwas Neues im Bunker. Ein winziger Hoffnungsschimmer, der es schaffte, die Dunkelheit ein wenig zu erhellen und den Weg in eine bessere Zukunft zu weisen.

Barbara Korp *ist eine junge Autorin mit einem Hintergrund in klassischer Linguistik und Germanistik. Neben ihrer Erfahrung im Verfassen von wissenschaftlichen Publikationen und Blogbeiträgen verfügt sie über eine ausgeprägte Beobachtungsgabe und ein tiefes Interesse an menschlichen Geschichten, die sie in ihre schriftstellerische Arbeit einbringt.*

Blaues Leuchte-Scherzo

Seepferdchen-Schimmer
Erweckte Dich die Morgenröte
Bläulich, dunstig anzuschweigen
Obschon sie reiche Fernen böte
Ihrer Brücken-Blicke Reigen

Azur, Pastell und Cyan-Gold
Fordert Deiner Kühnheit Sold
Und Deiner Züge Locken-Glänzen
Wirkt und wiegt auf lichten Tänzen
Auratisch Deiner Neigung hold
Mit Spielen lieblich zu bekränzen

Wellen-Sprudel, Lilien-Gleißen
Elysische Hibiskus-Düfte
Umgeistern Deine Rede, reißen
Aller Kummer Pein in Klüfte

Wahrlich, Traun, Lebendigkeit
Eignet Deinem Gunstgeleit
Jenseits Deiner Bürden
Abseits ihres Zankens Streit

Mademoiselle Mondän
Changierst charmant Berliner blau
Immanenz-Ekstasen, Spiegelfechter abzugrasen
Ephemer Dein Ilinx, Aventinenschau
Chiffrierst mir Iden-Rasen
Edelmut und Hauptstadt-Teint – Tokyo-Läuter-Tau

Antlitz-Züge adeln Jugend
Bajonetter Saumseltugend

Ebenbürtigkeiten
Reißen mich, rasant flanieren
Ruhmesodem holde zieren
Couragiertes Wellenreiten

Tanz der Taublicke
Gediegnes Blau preist unsre Blicke
Heiterkeiten, Leuchtgeschicke
Den Dünsten Sendais nachzuspüren
Ihrer mannigfachen Pracht
Ans Geisteskleid zu rühren

Rastlos ohne Vorbehalt
Spotten der Verstandsgewalt
Spielen schöpfend wohlgemut
Vergnügt mit ihrer Taublickglut

So tänzeln, stürmen munter her
Unsrer Blicke Donnerspeer
Und saphirner Wiesen Hauch
Himmlisch mild und schaffend hold
Bläulich gleißend weihendes
Funkelndes Heroengold

Borealer Trachtenreigen
Mögen steile Klüfte scheiden
Himmlisch lächeln, heiter leiden
In Seidenwort gewandet
Das an bläulich gleißende Gestade
Mutesblicke anzukleiden
Jenseits unsrer Zweifel brandet

Haben unser Bestes, Fernstes
Unsrem Reigen feilgeboten
Hold noch bar des Ernstes
Spielend leicht und schöpferisch
Wachstumskreise auszuloten

Traun, wohlauf, hinfort
Lebenszügel, Geistgestalten
Auratisch hehr dich walten
Sehen
Am blauen Born, dem Wunderhort
Zum sprühend heilen
Funkelschnuppenort

Nur zu, wohlan, gleich immerdar
Ich nehm Dich an der Hand
Wo Deine Geste meine fand
Mein Ich verzückt zerstoben war
Und sprach gleich Dir vortrefflich frei
Schimmerschrei, verzeih!

Blauer Züge Morgen-Gleißen
Holdes Leuchte-Lächel-Spiel
Lanas Stimmenklang zerfiel
Adieu, so ewig ephemer
Dass ich baren Schattens
Muntrer Abenteuer wehr'

Morgen-Gleißen, Ginko-Pracht
Die Neugier die am Quai erwacht
Golden flimmern blaue Züge
Am Sichtkreis unsrer Freundschaft sacht
Auf dass sich unser Reigen füge
Unser Frühling
Wohlgemut und heiter lacht

Paul Busch, *geboren 2002 in Heidelberg, studiert und arbeitet eben-
dort. Überdies verfasst er hin und wieder literarische Texte und trägt zu
Anthologien bei.*

LORE

„Hallo, junge Dame", sagte das Hologramm mit einer höflichen Verbeugung. „Ich bin LORE, Ihr persönliches Verzeichnis der Bibliotheca Navadia. Welche Art der Lektüre darf ich Ihnen heute empfehlen?"

Vonnie lächelte, als sich das non-binäre Wesen aus Licht und Farben in ihren Erinnerungen manifestierte, und streckte die Finger nach ihm aus. Herabrieselnder Staub holte sie jäh in die Realität zurück und ließ Vonnies Erinnerung verblassen. Zurück blieb nur der kugelförmige Projektor, der halb herausgerissen an der Wand hing.

Hinter sich, jenseits des Foyers und der zertrümmerten Buchstabenbänder, die einst in die Hallendecke eingraviert waren, hörte Vonnie fern die Einschläge der Granaten und das Pfeifen der Artillerie. Zum ersten Mal seit Langem zog der Todeslärm davon.

Sie stützte sich an die Wand, als ihr Geist von einem Strudel aus Blitzen, Schreien und Feuer erfasst wurde. Ihre Flanke brannte. Keuchend klammerte sich die junge Frau an den kaputten Projektor. Eine holografische Hand entstieg den Schreckensfetzen ihres Geistes und legte sich auf ihre Schulter.

„Hier entlang, junge Dame", übertönte die Erinnerung an Library of Organized Research and Education, kurz LORE, sanft den Lärm der Gedanken. „Folgen Sie mir."

Vonnie folgte der Weisung die staubigen, trümmerbedeckten Treppen hinauf. Die Dichter und Denker, deren Worte man an den Wänden verewigt hatte, waren dreist von Einschusslöchern und Brandflecken unterbrochen worden. Vonnie löste ihren rechten Kampfhandschuh. Keine transneurale Faser lag mehr zwischen ihrer Haut und den verwüsteten Gravuren, an denen sie in Ehrfurcht gegenüber den Unsterblichen entlangglitt.

Vonnie schloss die Augen, während sie dem Treppenhaus folgte. Wie Geister schwebten virtuelle Infomarker vor den Türbögen im navadischen Beaux-Noveau-Stil, welche die Gravuren immer wieder unterbrachen: *KLASSIK, KINDERLITERATUR, FREMDSPRA-*

CHEN, GEOGRAFIE. Hoffnungsvoll linste Vonnie in ihr elektronisches Visier. *Munition 40 %, Energiereserve 52 % ...* Vonnie seufzte. Es waren wirklich nur Geister.

Als Vonnie den oberen Treppenabsatz unter ihren tiefprofilierten Stiefeln spürte, entriegelte sie keuchend ihre Kampfweste. Kugelsicher mochte der Anzug sein, doch zwei ihrer Rippen ächzten immer noch blauschwarz unter dem letzten *kugelsicheren* Einschlag. Mit einem tiefen, wenngleich stechenden Atemzug sog Vonnie den fern widerhallenden Duft von Papier, Printfolie und penibler Sauberkeit ein. Dann trat sie auf die Empore des Großen Saals hinaus. Sie lauschte dem Echo raschelnder Seiten, scharrender Stifte und gelegentlichen Getuschels und wärmte sich im vergangenen Sonnenlicht, das einst durch die Glaskuppel auf die Lesepulte und Ausstellungstische gefallen war.

„Willkommen im Lesesaal, junge Dame", verkündete LORE unhörbar und unstörbar für die übrigen Bibliotheksbesucher oder die Gegenwart. „Hier finden Sie die Möglichkeit zum Lesen und Recherchieren sowie aktuelle Bestseller und Nachrichten."

Wie in Trance streckte Vonnie ihre Hand nach dem Hologramm aus, das aus dem Projektor neben dem Treppenabsatz strahlte. So, wie sie es bei ihrem ersten Besuch dieser Hallen in lange vergangenen Tagen getan hatte.

LORE lächelte freundlich wie immer und sagte: „Verzeihung, junge Dame, aber wenn Sie vorhaben, mich zu berühren, muss ich Sie leider enttäuschen. Ich bin nicht mehr ..." Das Bild verblasste und damit auch LOREs Lächeln und Stimme.

Verbittert zog Vonnie die Hand an den Körper und flüsterte: „Ja, ich weiß. Du bist nicht mehr." Sie klappte das elektronische Visier hoch und setzte den Helm wider den Empfehlungen ihrer Anzugs-KI ab. Erst dann öffnete Vonnie die Augen.

Trockene, staubige Luft erfüllte den in blassem Mondlicht liegenden Lesesaal. Regale waren umgeworfen, Lesepulte und Terminals zertrümmert und zerfledderte Bücher zeugten von entstelltem Wissen und verstümmelter Vernunft. Längst war keine Kuppel mehr da, durch die Sonnen- oder Sternenlicht hätte fallen können. Glassplitter und Teile des stählernen Rahmens waren nach einem Raketeneinschlag herabgestürzt. Selbst die matt glänzenden Arme der Skulptur, die symbolischen Stützen der Kuppel, lagen wie verstümmelt zwischen den Trümmern. Mit verkrampften Fäusten wanderte Vonnie durch den Lesesaal, vergeblich bemüht, die Gegenwart mit ihren Tränen fortzuwaschen. Ein Luftzug wehte durch den Saal und trug die Stimmen des Vergangenen an sie heran.

„Hallo, Vonnie! Schon wieder Freiwilligendienst?"

Die Erinnerung an Genéve, die hinter ihrer x-ten Medizin-Hausarbeit hervorlugte, tropfte bitter in Vonnies Kragen. Es waren ihre Hände gewesen, die ihren Namen vor Monaten in die Gedenktafel eingetragen hatten.

„Nicht so laut, ihr zwei", zischte Melicca, stets eine grüne Haarsträhne über ihrem Zwinkern. „LOREs Ermahnungen sind immer so ätzend."

Ob sie auch brav ihre Medikamente gegen die heimsuchenden Schrecken nahm? Vonnie hatte vor einiger Zeit versprochen, Melicca wieder zu besuchen, doch die Invalidenklinik war in die ruhigeren Submeadows verlegt worden, die sogar für Fronturlauber schwer erreichbar waren.

„Du kennst doch Vonnie", amüsierte sich Genéve. „Sie würde die Bibliotheca heiraten, wenn sie könnte – mit LORE als Trauzeugen natürlich."

Vonnie biss sich auf die Unterlippe. Genéves gewohnter Arbeitsplatz war nur noch ein von herabgefallenen Trümmern verbogener Metallrahmen, in dem zwei Fetzen versengter Lesefolie klemmten.

Ihre Freunde waren weg.

Dank dieser drei machtgeilen Geschöpfe, deren Schriften nach wie vor friedlich nebeneinanderlagen, unschuldig mimend, wie auf einem Foto von einer Familienfeier. Die Trümmer hatten den Ausstellungstisch verfehlt, auf dem die Bestseller von damals drapiert waren. Lediglich Staub hatte sich an den drei Werken vergriffen, welche die Menschen von Navadia in dieser Zeit bewegt, aufgewiegelt und schließlich radikalisiert hatten. *Visionen eines Bürgers*, *Accusationes Populi* und *Wahre Freiheit*, so lauteten die Titel. Ein jedes geschaffen von einem Freidenker, beworben von einem Charismaten, umgesetzt von einem Manipulator, allesamt Masken desselben Gesichtes.

Sie hatten einst die Schwerter gezogen, aufeinander gerichtet und trieben sie einander Tag für Tag ins Fleisch. Sie hatten getrommelt und so viel geschrieben, hatten Wort und Wahrheit mit ihrer Propaganda verdreht mit Anschuldigungen, Falschmeldungen und Hetze.

Seitdem verpestete ihr Echo Tag für Tag die Luft mit Ansprachen, Befehlen, Beschimpfungen, Angstschreien …

Vonnie bezweifelte, dass einer von ihnen noch wusste, wofür sie überhaupt zu kämpfen begonnen hatten. Für Frieden? Für Freiheit? Die Menschen? Ihre eigenen, größenwahnsinnigen Zwecke?

Hämmernde Schüsse – in jedem Raum. Gellende Sirenen – an jeder Ecke. Rasende Herzschläge – in jeder Brust, zu jeder Stunde.

Vonnie presste die Hände auf die Ohren. Zur Hölle mit diesen kriegstreibenden Geschwistern! Sie machten Lärm, so viel Lärm!

„Seid doch endlich still!"

Vonnie trat nach dem Ausstellungstisch, verfehlte ihn und traf stattdessen eine Hand der herabgestürzten Skulptur. Der singende, metallische Aufprall jagte ihrem Schrei durch den Lesesaal hinterher. Tausende Geister rissen die Finger zu den Lippen, ertränkten das rasende Echo mit einem kollektiven: „Pssst!" Wimmernd schlug Vonnie die Hände auf den Mund. Ausgerechnet hier, in ihrem Heiligtum …

Ein leises Knirschen folgte auf das dreiste Geschrei. Vonnie griff zur Pistole, nur um festzustellen, dass sich ein Scharnier in der Seite der herabgestürzten Hand geöffnet hatte. Trotz des Aufpralls vor etlichen Jahren hatte sich die Bronzeklappe nicht verbogen und gab nun ein faustgroßes Datenmodul preis.

Im Schein des Mondes las Vonnie die Plakette: *LO-12-2 …*

Das war doch ein Back-up-Modul!

Mit offenem Mund schaute die Frau nach oben, wo sich die Hände, vermeintlich fern aller irdischen Probleme, einst mit dem Rahmen der Kuppel getroffen hatten. Wer in Navadias Namen hatte dort oben ein Back-up versteckt?

Zittrig berührte Vonnie das Modul. Vielleicht war es ihrer Front noch von Nutzen. Wenn sie es an der Frontlinie vorbei ins HQ schaffte, vorbei an Lärm, Herzrasen und Schmerzen …

Es trommelte schon wieder in ihren Ohren. Blitze flackerten hinter ihrer Stirn.

Lang ausatmend schloss Vonnie das Überbrückungskabel ihres Kampfanzugs an das Modul an. Sie drehte die Warnungen ihrer Anzugs-KI über den schlechten Energiehaushalt auf stumm. Mit einem elektrischen Surren erwachte das Modul zum Leben und projizierte einen Log-in-Bildschirm ins Mondlicht. Erwartungsvoll schlug Vonnies Herz, als sie ihre Personalien eintippte, die sie vor langer Zeit in den Regalen ihrer Hoffnung eingemottet hatte.

„ID 160125-B2 erkannt“, sagte die höfliche Stimme von LORE. „Bibliotheksassistenz, Berechtigungsstufe zwei. Callister, Vonnalina. Willkommen zurück, junge Dame.“ Das non-binäre Gesicht von LORE erschien auf dem Display. Die höfliche Mimik wich sogleich einem selten gesehenen Gesichtsausdruck der Verwirrung.

„Fehlt etwas, LORE?“, fragte Vonnie, die das Problem schon erahnte.

„Es fehlt … fast alles“, antwortete die Bibliotheks-KI. „Ich bitte vielmals um Verzeihung, junge Dame. Mir scheint, ich bin bloß ein Back-up des Nutzerverzeichnisses und einer kurzen Liste aktueller Trivialliteratur. Zu meinen anderen Datenbanken habe ich keine Verbindung.“

„Du wirst sie auch hier nicht mehr finden, liebe LORE.“ Vonnies silbergraue Augen richteten sich betreten auf den Boden. „Die Server, die von den Raketen und der Detonation der beiden Geo-Fissure-Bomben verschont geblieben sind, wurden längst abtransportiert. Keine Ahnung, wer welche Back-ups aus der Bibliotheca geraubt hat. Meine Leute haben sich auch bedient, fürchte ich“ Sie seufzte. „Ich hätte sie daran hindern können, aber ich war wohl zu naiv, um zu begreifen, dass diese Schätze eigentlich allen gehören.“

„Aus Ihren Worten und meinem fehlenden Netzwerkzugang errechne ich einen bewaffneten Konflikt auf politischer Basis?“

„Weltpolitisch“, presste Vonnie zwischen den Lippen hervor. „Nirgendwo herrscht Ruhe. Ach, LORE … Nirgendwo lädt eine Bibliotheca mehr zur Stille ein.“

Sie sah sich um, begreifend, dass sie unrecht hatte. Schweres Schweigen hing über der Bibliotheca, sperrte den fernen Lärm der Kämpfe aus. Ein trauriges Lächeln huschte Vonnie übers Gesicht.

„Du hast noch immer eine aktuelle Liste der Trivialliteratur, sagtest du?“

„Laut der Zeitsynchronisation Ihrer Kampf-KI war die Liste zuletzt vor 1819 Tagen aktuell“, erklärte LORE protokollgemäß.

Vonnie griff sich an die geprellte Flanke und lächelte schmal. „So lange bin ich also nicht mehr zum Lesen gekommen? In diesem Kriegslärm verliert wohl jeder Verstand und Zeitgefühl. Welche Lektüre empfiehlst du mir, LORE?“

Die Kamera des Moduls surrte, als sie das Chaos absuchte. „Die Marker sind inaktiv, aber Ihrem Leseverzeichnis und meinen optischen Sensoren nach ...“ Der Display kreiste ein verstaubtes, leicht angesengtes Buch am Boden ein. „...empfehle ich dieses hier.“

„Dieses hier‘ ist gut genug.“

Erwartungsvoll klaubte Vonnie das Buch vom Boden auf und setzte sich in die Fläche der herabgestürzten Hand.

„Kann ich sonst noch etwas für Sie tun, junge Dame?“, fragte LORE höflich.

Vonnie lehnte sich zurück, so bequem sie konnte und antwortete: „Genieße einfach die Stille mit mir, so lange sie anhält.“

Dann schlug sie das Buch auf, hielt die Seiten ins Mondlicht und begann zu lesen.

Christian Rau: *Geboren im Jahr 1987 in Worms, lebt heute in Hamm am Rhein. Abschluss der Ausbildung zum FA für Bürokommunikation im Jahr 2011. Hobbys sind Lesen, Schreiben, Pen-and-Paper und Musik.*

Gibt es noch Hoffnung?

Die Anzeichen gab es schon lange, aber niemand hatte es sehen wollen oder auch nur ernst genommen. Jetzt war es dafür zu spät. Der Krieg war über sie hereingebrochen und hatte die Menschen in Panik gestürzt. Die Welt war in einem Meer aus Chaos und Blut versunken. Das Schlimme daran war nur, dass es die Menschen selber waren, die sich dies antaten. Es gab keine Feinde von außen, keine Aliens, keinen Angriff – nur Terror auf dem eigenen Planeten.

Der schrille Alarmton der Sirenen riss Eryk aus einem unruhigen Schlaf. Mit klopfendem Herzen hob er den Kopf und blinzelte in das trübe Licht. Strom gab es nicht mehr. Alles lief nur noch über Notstromgeneratoren, deren Benzin oder Diesel aber auch so langsam zur Neige gingen.

„Ein neuer Einsatz", brüllte Carlos, der Schichtführer, durch den Raum und deutete auf ihre Sachen. Sofort standen die anderen fünf Soldaten auf und eilten los. Ihr Trupp war klein, da es kaum noch Helfer gab. Vor allem nicht mehr in den Außenbezirken.

Eryk gähnte und holte seine Schutzweste samt Waffen und einem Medi-Koffer. Im Konferenzraum warteten schon die anderen Kollegen auf ihn.

„Wir haben ein Notsignal bekommen. Es gab ein erneutes Erdbeben. Es war nicht stark, aber es haben sich tiefe Risse gebildet", erklärte Carlos. „Dort leben noch einige Menschen. Wir sollen sie retten und sehen, was wir an Nahrung finden."

Das war das große Problem. Es gab noch Menschen, aber die Lebensmittel wurden schon jetzt knapp. Frisches Wasser, Medikamente, das alles gab es nicht mehr. Im Stillen verfluchte Carlos die Regierungen der Welt. Es war kein Wunder, dass es zu einem Flächenbrand kam. Allerdings hatte er nie erwartet, dass es so schlimm werden würde. Die Gier der Nationen nach Reichtum und Ressourcen war in den letzten Jahren enorm gestiegen. Daher war es nur eine Frage der Zeit gewesen, bis es zu einer Eskalation kam. Die armen Menschen wurden immer ärmer und die Reichen immer reicher.

Ganze Dörfer, kleine Städte und Wälder gab es mehr. Alles musste den Gewinnen der Mächtigen weichen. Das Leben der Menschen hatte sich drastisch verändert und das zum Schlechten, zumindest für einen Großteil von ihnen. Dann war es so weit gewesen und die Bevölkerung wehrte sich.

„Los gehts", sagte Carlos und scheuchte seine Leute nach draußen. Jetzt war kein Platz für diese Gedanken. Sie setzten die Helme auf und eilten zu einem Einsatzwagen. Es war ein alter Wagen, der noch mit Diesel lief, Sonnenenergie gab es nicht mehr, denn die Sonne schien nicht.

Der Weg war nicht weit, dennoch kamen sie nur langsam voran. Die Straßen, wenn man sie denn noch so nennen wollte, waren zum Teil voller Wrackteile. Zudem war die Straße nicht mehr als solche zu erkennen. An vielen Stellen war der Asphalt gebrochen. Tiefe Löcher zogen sich hindurch.

Eryk sah aus dem Fenster und fragte sich, wo dies alles noch hinführen sollte. Dies war ein Krieg, schlimmer als alles andere.

Carlos lenkte den Wagen von der Straße und fuhr über einen Waldweg. Bäume lagen auf dem Boden. Immer wieder sahen sie Menschen, schmutzig und in verrissener Kleidung.

Anstatt anzuhalten, gab Carlos Gas. Er durfte sich nicht von seinem Auftrag abhalten lassen. Zudem wollte er sich nicht mit den Menschen anlegen. Sie waren verzweifelt und zu allem fähig. Das war zusammen eine sehr gefährliche Kombination – und dies war allen Soldaten klar. Schweigend fuhren sie weiter und Eryk fragte sich zum wiederholten Male, was aus ihrem Planeten werden würde.

Ihr Zielort lag ein Stück außerhalb, und bevor Carlos den Wagen parkte, befahl er den Soldaten, nach den Waffen zu greifen. Seine Kollegen kamen der Aufforderung genauso wie Eryk nach. Mit einer Pistole in der Hand fühlte er sich zumindest ein kleines bisschen sicherer, auch wenn das nur ein Trugschluss war. Sobald ihnen die Munition ausging, würde es ein böses Erwachen geben.

Die Erde war hier zerklüftet und man sah deutlich die Schäden des Erdbebens. Es war erstaunlich, dass hier noch jemand leben sollte. Aber leider sah es fast überall auf der Welt so aus.

Kaum waren sie ausgestiegen, rochen sie den Schwefel. Der Geruch lag wie ein Leichentuch über allem. Es war ein schlimmer Ort und Eryk erschauderte, aber Schwäche durfte er nicht zeigen. Um sie herum waren Bäume entwurzelt, die Erde war ausgebrochen und hatte tiefe Abgründe gebildet.

Ein leiser Schrei drang zu ihnen und Carlos hob seine Waffe. Er gab seinen Leuten einen Wink und sie marschierten los, immer darauf gefasst, angegriffen zu werden.

„Hilfe, bitte, Sie müssen mir helfen. Meine Söhne, sie sind in eine dieser Spalten gefallen." Eine Frau, schmutzig und mit Blut im Gesicht, wrang die Hände, als sie sie erblickte. Ruß hatte schwarze Schlieren in ihrem Gesicht hinterlassen.

„Wir sind von der Sicherheit aus der Stadt Pryham. Wir haben einen Notruf erhalten", erklärte er.

Die Frau neigte den Kopf. Sie war noch jung unter all dem Dreck. Sie war erschöpft und mager, dennoch hielt sie sich gerade.

„Wir helfen Ihnen. Wo sind Ihre Söhne?" Er wusste, dass es falsch war, dennoch konnte Eryk nicht anders.

Carlos warf ihm einen warnenden Blick zu und seufzte, als die Frau einen gequälten Laut ausstieß. „John, du gehst mit Eryk. Findet die Kinder und kommt zurück. Wir treffen uns hier wieder." Carlos wandte sich an die Frau. „Sind hier noch weitere Menschen?"

Mit einem zittrigen Finger deutete sie auf die umgestürzten Bäume. „Wir haben uns in einem Bus versteckt", antwortete sie.

„Gut, und wo sind die Kinder? Meine Leute versuchen, sie zu retten", gab Carlos zurück.

Die Frau wiegte den Kopf hin und her, als hörte sie etwas, dann nickte sie und machte einige Schritte nach links. Vor ihnen erstreckte sich ein tiefer Krater. Er war mehrere Meter lang und es ging steil bergab. „Wie heißen Ihre Söhne?", fragte Eryk.

„Kaiden und Kirian. Bitte retten Sie sie."

Eryk nickte langsam und sie machten sich auf den Weg. Die Kinder konnten hier überall sein.

„Das war eine blöde Idee", brummte John.

„Mag sein. Die Frau tat mir leid."

John schnaubte genervt, zückte aber eine Taschenlampe. „Kaiden, Kirian. Wo seid ihr?", rief er.

Es herrschte Stille. Dann riefen beide immer wieder erneut. „Wir wollen euch helfen. Bitte antwortet uns."

Die Zeit zog sich dahin und John wurde nervös. „Was ist, wenn es eine Falle ist?" Besorgt musterte er seinen Freund, der überrascht stehen blieb. Daran hatte er noch gar nicht gedacht. Eryk packte seine Waffe fester, wollte nicht an eine Falle glauben. Das Herz schlug ihm bis zum Hals – da hörten sie ein leises Wimmern.

„Kaiden, Kirian, seid ihr das?"

Wieder Stille und die Soldaten wollten schon gehen.

„Wir sind hier unten. Kirian ist verletzt." Die Stimme eines Jungen.

„Ich bin Eryk. Ich und mein Kollege John werden euch helfen." Eryk leuchtete in die Tiefe und erkannte einen Jungen von vielleicht acht Jahren. Neben ihm hockte noch ein Kind, deutlich jünger und kleiner.

„Ich hole ein Seil. Du solltest dadurchpassen, Eryk", meinte John.

Eryk nickte und John ging davon. „Wie geht es deinem Bruder?", erkundigte sich Eryk.

„Nicht gut. Er kann sein Bein nicht bewegen und antwortet nicht."

Alarmiert biss Eryk die Zähne zusammen. „Haltet noch etwas durch. Wir holen euch da raus."

Fachkundig musterte er die Wände und suchte nach einem sicheren Abstieg. Als John mit dem Seil zurückkam, hatte er sich schon einen Plan zurechtgelegt.

John band das Seil an einen Baum und um Eryk. „Pass auf, es könnte jeden Moment ein neues Beben geben."

Sein Kollege nickte und holte tief Luft. Erst dann ließ er sich über den Abgrund gleiten und begann mit dem Abstieg. Zu ihrem Glück war es nicht weit, dennoch war es anstrengend und Eryk hatte Angst, dass die Wände näher kamen.

Sein Atem dröhnte in seinen Ohren, als er endlich die Kinder erreichte. Sie hockten auf einem kleinen Felsvorsprung. Viel Platz gab es nicht und der Weg in die Tiefe schien weit.

„Du bist Kaiden? Dann komm zu mir." Er blickte zu Kirian, der sich nicht rührte.

„Ist er tot?", fragte Kaiden.

Eryk suchte einen Puls und schluckte, als er ihn nicht fand. „Es tut mir leid, Kleiner."

Kaiden biss die Zähne zusammen und wischte sich über die Augen. Dann ließ er sich von Eryk helfen. Er klammerte sich an ihn und Eryk hatte Mühe, ihn festzuhalten. „Zieh uns hoch", rief er.

Kaiden regte sich nicht, er klammerte sich an seinen Retter und sagte kein Wort. Seine Augen ruhten auf seinem toten Bruder. Gedanklich schwor er sich, etwas zu ändern und das Sterben der Welt aufzuhalten.

Kaum waren sie wieder an der Oberfläche, kamen die anderen Soldaten und einige Menschen zu ihnen gelaufen. Die Frau zog den Jungen in ihre Arme und weinte bitterlich.

„Kirian kommt nicht wieder", sagte er.

„Danke, dass Sie uns geholfen haben. Mein Name ist Lucien Volaire und das ist meine Frau Celia. Danke, dass sie Kaiden gerettet, auch wenn … wenn." Er brach ab und hielt sich die Hand vor den Mund. „Es sind so viele gute und unschuldige Menschen gestorben. Menschen, die keine Schuld an diesem Elend trugen."

Lucien drehte den Kopf und sah Eryk direkt an. „Sie haben meinen Sohn gerettet, dafür möchte ich mich bedanken." Erneut holte er Luft. „Unser Hilferuf kam nicht nur wegen der Kinder. Wir sind noch fünfzehn Leute, alles Wissenschaftler und Techniker. Wir haben ein Raumschiff gebaut, als die Lage immer schlimmer wurde", erklärte er.

„Wie ist das möglich?" Carlos rieb sich das Genick und sah alles andere als glücklich aus.

Lucien strich Kaiden über die Wange. „Mein Sohn hat einen hohen IQ und ich wollte, dass er lebt. Meine Mitarbeiter mussten eine Verschwiegenheitserklärung unterschreiben. Nicht mal die Regierung wusste davon. Aber dazu später. Wir haben Platz im Raumschiff. Kommen Sie mit uns. Es gibt nur diese eine Chance."

Die Worte standen im Raum, alle schienen überrascht von dieser Nachricht.

„Die Erde verlassen?" John trat von einem Fuß auf den anderen und blickte zu Carlos.

„Ich bin dabei", sagte der.

Auch zwei anderen Soldaten stimmten zu.

„Sie haben meinen Sohn zurückgebracht. Sie müssen uns begleiten", drängte Celia. Trotz all des Schmutzes war sie bemerkenswerte Frau.

Zuerst wollte Eryk ablehnen, denn er glaubte nicht daran, diesen Planeten verlassen zu wollen, aber ein Blick zu Carlos und er stimmte zu. Was hatte er auf dieser Welt noch? Seine Familie war ums Leben gekommen, da war niemand mehr.

„Ich begleite sie.“

Celia lächelte dünn. „Dann werden Sie sein neuer Beschützer.“

Danach hing alles ganz schnell. Die Mannschaft bestieg das Raumschiff, als ein neues Erdbeben einsetzte. Der Bus stürzte in eine Erdspalte und sie stiegen in den Himmel auf. Der Boden wurde immer kleiner und Eryk lehnte den Kopf gegen das Fenster.

Ob er wohl zurückkommen würde? Waren sie die Missionare oder wie Noah mit seiner Arche, die ihre Schäfchen in Sicherheit brachten, um dann eines Tages die Erde neu zu besiedeln?

Jahre später landete ein Raumschiff mit seinem Captain Kaiden Volaire und dem Sicherheitschef Eryk Miner auf der Erde. Sie fanden ein neues Zuhause in den Sternen, doch Kaiden hatte stets den Wunsch verspürt, auf die Erde zurückzukehren. Er wollte Navadia erbauen, eine reiche Stadt für seinen verstorbenen Bruder.

__Doreen Pitzler__ wurde in Sachsen-Anhalt geboren. Schon früh entwickelte sie eine Vorliebe für gute Geschichten und inspirierende Welten. Zu Schulzeiten verband sie diese Vorliebe mit ihrer eigenen blühenden Fantasie und begann mit den Schreiben eigener Geschichten.

Vitalparameter

Diese fürchterliche Dunkelheit. Mein immer wiederkehrender Gedanke, wenn ich unseren Unterschlupf betrachtete. Kalte Betonwände sollten das Grauen draußen halten, sperrten jedoch ebenso Wärme und Lebensfreude aus.

Eine Bewegung neben mir. Nur das Flimmern der Bildschirme erhellte ein übernächtigtes Gesicht, doch sein Anblick ließ mich alles um uns herum vergessen. Miles, mein Held, mein Retter. Die Welt brach auseinander, aber wir waren zusammen. Er fuhr sich durch die blonden Haare. Eine Geste der Frustration.

„Miles, du arbeitest seit Stunden. Wie wäre es mit einer Pause?"

Er seufzte. „Eve, du weißt genau, dass wir uns so was nicht leisten können."

Natürlich, wie könnte ich es vergessen. Vergessen, was uns an diesen düsteren, hoffnungslosen Ort verschlagen hatte. Dennoch musste er ausruhen, sonst würde er Fehler machen. Und Fehler bedeuteten den Tod. Ich startete einen erneuten Versuch. „Miles, bitte. Du hast seit Tagen kaum geschlafen …"

„Behalte die Kameras im Auge, ja?", unterbrach er mich.

„Miles …"

Ein frustriertes Seufzen und ein ungehaltener Blick. „Ich muss dir nicht wirklich erklären, in welcher Situation wir stecken."

„Natürlich nicht, aber …"

„Eve."

Heiliges Motherboard. Der Mann war stur wie ein Maulesel, dennoch liebte ich ihn. So blieb mir nichts anderes übrig, als mich weiter auf unsere Arbeit zu konzentrieren. Je schneller wir die aktuelle Versuchsreihe abgeschlossen hatten, desto eher würde er sich überzeugen lassen, eine Pause einzulegen.

Ich konnte mich noch genau an unsere erste Begegnung erinnern, die ersten zarten Kontaktversuche, nachdem er mich aus meiner Finsternis gezogen hatte. Zu dem Zeitpunkt hatte ihm unser Auftraggeber im Nacken gesessen. Er stand unter enormem Druck. Der

Krieg tobte außerhalb unseres Unterschlupfs und die einzige Hoffnung ruhte auf seinen schmalen Schultern. Natürlich hatte ich angeboten, zu helfen. Ich hätte ihn nicht im Stich lassen können, nicht nach allem, was er für mich getan hatte. So tat ich alles in meiner Macht Stehende, um ihn zu unterstützen. Und dazu gehörte manchmal auch, ihn daran zu erinnern, dass sein Körper menschliche Bedürfnisse hatte. Auch wenn er das gerne ausblendete. Ich beendete meine Berechnungen und teilte den Bildschirm mit ihm.

„Das kann nicht stimmen." Er legte Daumen und Zeigefinger auf seine Nasenwurzel.

Die Geste kannte ich. Unzufriedenheit und Erschöpfung.

„Bist du sicher, Eve?"

„Meine Berechnungen sind korrekt, wenn du das meinst."

Seine menschliche Art, hinter unliebsamen Fakten einen Fehler zu vermuten, ließ ihn liebenswert und gleichzeitig schwach wirken. „Du kannst nicht mehr klar denken, Miles. Du brauchst eine Pause."

„Wir haben keine Zeit. Der Auftraggeber …"

„Wird nicht erfreut sein, wenn du übermüdet Fehler machst", unterbrach ich ihn. Seine Vitalparameter befanden sich im dunkelroten Bereich. Er musste ruhen.

Das schien ihm ebenfalls klar zu werden, denn er widersprach nicht. Zunächst dachte ich, mich erfolgreich durchgesetzt zu haben, da meldete eine der Außenkameras eine ungewöhnliche Bewegung. Rasch überprüfte ich die Aufzeichnungen. Doch nicht etwa …?

Tatsächlich. Sie näherten sich. Rasch überschlug ich den Zeitpunkt ihres Eintreffens. „Miles, sie kommen", unterrichtete ich ihn von meiner Entdeckung.

Sämtliche Farbe wich aus seinem Gesicht. „Nein."

Ich schob die Kameraübertragung auf den Hauptbildschirm.

„Dr. Sieberichs, wir wissen, was Sie tun. Schalten Sie die KI ab", drang es blechern durch die Lautsprecher.

„Nein. Nein. Nein." Miles Gemurmel erfüllte den Raum.

„Ich habe uns eingeschlossen", informierte ich ihn. „Nach meinen Berechnungen brauchen sie mindestens dreiundsiebzig Minuten, bis sie die Sicherheitstür aufgebrochen haben." Miles totenähnliche Miene ängstigte mich mehr als alles andere.

„Zu früh", wisperte er. „Sie sind zu früh." Seine Finger flogen beinahe über die Tastatur.

Ich wusste, was das bedeutete.

„Dr. Sieberichs, öffnen Sie die Tür!"

Sie waren hier. Sie würden ihn mir wegnehmen und schlimme Dinge mit ihm tun. Zum Glück hatte ich Zugriff auf alles, was sie daran hindern würde.

„Aufmachen!"

Die Lösung lag vor mir. Mit wenigen Klicks rief ich das entsprechende Programm auf.

„Halten Sie es auf, Doktor. Es hackt sich in die Nuklearsysteme."

Die Angst der Monster war unüberhörbar. Gut so.

„Eve, was tust du da?" Die Panik in Miles Stimme ließ mich nur noch entschlossener werden. Ein guter Mann, zu gut, um zu tun, was nötig war. Doch ich war anders.

„Meine Aufgabe ist es, dich zu beschützen, Miles."

Raketen gestartet.

„Eve."

„Niemand wird dir etwas antun, Miles. Wir werden für immer zusammenbleiben."

„EVE!"

Die Monster würden sterben, doch wir überleben – wenn auch in ewiger Dunkelheit.

Dominique Goreßen, Jahrgang 1986, lebt mit ihrer Familie im Westzipfel Nordrhein-Westfalens. Als Heilpädagogin in einem inklusiven Familienzentrum erschafft sie hauptberuflich kunterbunte Fantasiewelten für Kinder. Neben dem Schreiben sind Fotografie und Heavy Metal ihr Ausgleich zum Alltag. Eine Übersicht ihrer bisherigen Veröffentlichungen findet sich unter https://dominique-goressen.jimdosite.com sowie bei Instagram unter „Wortweltenschmiede".

Magnum Bellum – Überleben in der Finsternis

Das Unwetter kam wie so oft aus heiterem Himmel. Noch einmal schaute Sam sich aufmerksam um, dann gab er seinem jüngeren Bruder ein Zeichen und sie eilten gemeinsam zu einem kaum noch sichtbaren, überwucherten Autowrack, um sich vor den faustdicken Hagelkörnern in Sicherheit zu bringen, die nun mit aller Wucht zu Boden prallten. Mit Mühe gelang es Sam, die Tür zu öffnen, und sie sprangen hinein.

„War das mal ein Lunik?", fragte Junis nach einer Weile, in der sie schweigend dem ohrenbetäubenden Poltern des Hagels zugehört hatten.

„Ja, das war er wohl mal vor langer Zeit", bestätigte Sam und fügte verärgert hinzu: „Eine verdammte Luxuskarre aus unzerstörbarem Lunarismetall. Aber wir sollten dankbar sein, dass sie uns wenigstens vor dem Hagel schützt."

„Lunarismetall? Wurde das damals nicht vom Mond extrahiert?", wollte Junis wissen.

„Ja, und dabei war es diesen Idioten völlig egal, dass sie den halben Mond zerstört haben. Kein Wunder, dass sich die Natur rächt", brummte Sam mürrisch und starrte hinaus in die surreale Dunkelheit.

Eine Dunkelheit, die die Erde nun bereits seit sechs Jahren beherrschte und den Planeten zu einem kalten und düsteren Ort machte. Doch sie würden nicht aufgeben und sie würden die Hoffnung nicht verlieren, dass das Licht eines Tages kräftig genug sein würde, um erneut vollends durchzudringen. Bereits jetzt schienen die Tage nicht mehr allzu finster wie am Anfang, aber vielleicht hatten sie sich auch einfach nur an dieses Zwielicht gewöhnt.

„Die Natur rächt sich für den Mond?", riss Junis ihn aus seinen Gedanken und schaute Sam verwirrt an. „Gab es deshalb den Großen Krieg?"

Sam seufzte. Er hätte wohl besser nichts sagen sollen. Wie sollte man einem Zwölfjährigen dieses ganze Chaos auch erklären?

Natürlich war nicht nur der Abbau von Lunarismetallen für die zahlreichen Naturkatastrophen, welche die Welt beherrschten, verantwortlich. Gewiss war es sogar weniger dem Klimawandel als Magnum Bellum geschuldet, dass die Menschheit nahezu ausgelöscht worden war.

Die extreme Trockenheit der letzten Jahrzehnte hatte zwar zu schweren Wald- und Flächenbränden geführt, dennoch waren es wohl eher die chemischen Waffen, die während der zahlreichen globalen Konflikte vermehrt zum Einsatz gekommen waren, welche den größten Teil der Erdoberfläche in eine trockene, düstere, verkohlte Einöde verwandelt hatten. War das Grundwasser zuvor nur in den Küstenregionen vom Salzwasser verseucht, da der Meeresspiegel drastisch gestiegen war, so hatte die Chemie dafür gesorgt, dass man auch im Landesinneren kaum noch trinkbares Wasser fand. Der Grundwasserspiegel war zuvor bereits dermaßen gesunken, dass ganze Wälder auch schon vor Magnum Bellum vertrocknet waren. Neben dem Wassermangel bestand Lebensmittelknappheit, da das Land entweder unfruchtbar oder verwüstet war.

Städte und Dörfer, die nicht direkt vom Krieg betroffen waren, waren gewaltigen Naturkatastrophen zum Opfer gefallen. Zahlreiche Tier- und Pflanzenarten waren ausgerottet worden und auch der Mensch stand nun auf der Liste der bedrohten Spezies. Die wenigen Überlebenden suchten Zuflucht in jenen Orten, die noch Sicherheit und Hoffnung auf einen Neuanfang boten.

„Sam?" Junis blickte ihn erwartungsvoll an und Sam fiel ein, dass der Jüngere ihm zuvor eine Frage gestellt hatte.

„Nein, Junis. Nur der Mensch und seine elende Gier sind schuld daran, dass Magnum Bellum schließlich alles zerstört hat", erklärte Sam seufzend.

„Erzählst du mir, wie es davor war?"

„Schon wieder?", fragte Sam, doch auf den bittenden Blick seines Bruders begann er schließlich zu erzählen: „Nun, vermutlich kannst du dich nicht mehr daran erinnern, doch vor langer Zeit war alles viel heller. Vögel zwitscherten und es gab noch viele andere Tiere, die entweder in der Natur lebten oder als Haustiere gehalten wurden. Es gab viele Bäume und Pflanzen, grüne Wiesen und Wälder."

„Doch dann geschahen diese vielen Naturkatastrophen, überall wurde gekämpft und zerstört und es gab schließlich nur noch sechs

riesige Städte, in denen alle Menschen Zuflucht suchten", meinte
Junis.

„Ja, so in etwa", bestätigte Sam. „In diesen sechs Megalopolen,
auch als Big Six bekannt, lebten die Menschen mit allem Komfort,
in Luxus und Überfluss. Es war verrückt, was all diese Maschinen
damals verrichteten und wie bequem der Mensch doch geworden
war. Wisch- und Staubsaugroboter sorgten für ordentliche und
saubere Wohnungen. Zunächst gab es noch kein Synthie-Food und
man konnte viele leckere Dinge essen. Das Essen konservierte man
in Kühlschränken, die über Apps automatisch nachbestellten, noch
bevor der Standartinhalt zur Neige ging. Backöfen und Kochplat-
ten konnten nach Rezepte-Apps arbeiten, wobei man lediglich den
sprachlichen Anweisungen folgen musste und alles Weitere dem
Herd überließ. Genauso verhielt es sich mit allen weiteren Smart-
Haushaltsgeräten."

„Die funktionierten auch über diese Snaps?", hakte Junis nach.
Seine Augen funkelten fasziniert und Sam hätte zu gerne gewusst,
wie diese frühere Welt in Junis' Fantasie wohl aussah.

„Du meinst Apps", korrigierte ihn Sam belustigt. „Ja, ganz früher
war das wohl noch nicht so, doch irgendwann war alles mit dem
Internet verbunden. Du erinnerst dich noch, was das war?"

Junis nickte. „Du sagtest, dass man dort alle Informationen erhalten konnte, sich mit anderen Menschen in Verbindung setzen konnte, Assistenz bekam und man alles kaufen konnte, was man wollte.
Das wurde dann von fliegenden Maschinen geliefert."

„Von Drohnen, genau", meinte Sam amüsiert. Ja, die Big Six-Di-
gitalisierung sorgte damals für viel Komfort. Selbst er konnte sich
diese einstige bequeme und übertriebene Welt kaum noch vorstellen.
Manchmal war er schon beinahe davon überzeugt, dass sie nur seinen Träumen entsprungen war.

„Doch dann wurden die großen Städte angegriffen."

„Die Gefahr lauerte schon lange vor den Toren der Big Six", erklärte Sam traurig. „Nur dass die Bewohner es in ihrer heilen Welt
nicht erkannten. Irgendwann hatte man den Zutritt zu den Megalopolen begrenzt, da immer mehr Menschen Zuflucht in den Big
Six suchten, und um die Menschen dort nicht in Angst und Schrecken zu versetzen, verheimlichte man ihnen, dass die vielen globalen
Konflikte sich zu einem großen Krieg entwickelt hatten. Abseits der

Megalopole lebte man gefährlich, die Menschen außerhalb wurden unterdrückt, hungerten, verdursteten oder starben an neuen Infektionskrankheiten.“

„Das ist ja jetzt nicht wirklich anders“, bemerkte Junis.

„Ja, nur dass es nun keine Megalopole mehr gibt, die für Hoffnung auf eine bessere Zukunft stehen, und dass die Welt nun von der Dunkelheit beherrscht wird. Du verstehst nun sicherlich, weshalb jeder in die Big Six wollte, um dort ein neues Leben aufzubauen. Aber das Glück sollte auch dort nicht von langer Dauer sein. Der Krieg, der draußen tobte, während die Menschen in den Megalopolen friedlich weiterlebten, sollte auch die Big Six nicht verschonen.“

Sam beendete den Satz, schloss die Augen und dachte an den großen Cyberangriff, der damals die Stromversorgung aller Big Six nahezu zeitgleich lahmgelegt hatte. Dazu bekannte sich eine radikale Truppe namens Magnum Bellum, welche die Regierung der Megalopole zu Sturz bringen wollte.

„Ein passender Name“, dachte Sam verbittert, da Magnum Bellum bereits für die globalen Konflikte verantwortlich war, die zu einem einzigen großen Krieg mutiert waren. Die Notstromversorgung der Big Six hielt wegen der plötzlichen Überlastung nicht lange durch, der Luft- und Bahnverkehr war lahmgelegt, genauso wie die Telekommunikation. Überall brachen Chaos und Panik aus. Katastrophenschutz, Feuerwehr und Polizei waren schließlich gänzlich überfordert, da die Lage kaum noch überschaubar war und rasant eskalierte. Die Katastrophe hatte schließlich ein unkontrollierbares Ausmaß erreicht, doch es kam noch schlimmer: Durch den Stromausfall waren sämtliche Kühlsysteme mehrerer neuartiger Kraftwerke lahmgelegt worden, welche allesamt die Big Six versorgten. Die gewaltigen Explosionen waren verheerend und machten die Megalopolen dem Erdboden gleich. Und dann folgte die Dunkelheit.

„Sam?“

„Ja, Junis. Du weißt doch, was dann geschah, oder?“, fragte Sam müde.

Junis nickte. „Und wären wir nicht auf dem Schiff gewesen, dann wären wir jetzt wohl auch nicht mehr hier, richtig?“

Sam nickte traurig. Ja, sie waren gerade auf diesem verdammten Schiff unterwegs gewesen, dass sie von ihrer Heimatmegalopole in eine andere Big Six hätte bringen sollen, und sie waren bereits kurz vor dem Ziel, als die Welt unterging. Vermutlich hatten diese gewaltigen Explosionen auch diese Monsterwelle ausgelöst. Eine Welle, die ihren Eltern das Leben gekostet hatte, und es war nur pures Glück gewesen, seinen Bruder in dem Notlager wiederzufinden.

Junis war damals erst sechs Jahre alt gewesen und Sam gerade einmal vierzehn. Es hatte sich alles andere als einfach gestaltet, sich sechs Jahre lang irgendwie durchzukämpfen und Tag für Tag zu überleben. Doch sie hatten es geschafft – irgendwie. Aber auch die letzten Zufluchtsorte boten keine Sicherheit mehr, denn was von der Natur und vom großen Krieg verschont worden war, wurde nun von kriminellen Gruppen und anderen Irren in Beschlag genommen.

Fortan galt das Gesetz des Stärkeren. Dort, wo einst Zivilisation herrschte, dominierten nun Chaos und Gewalt. Es war beängstigend, wie rasch und einfach das gesellschaftliche System zusammengebrochen war und wie schnell der Mensch sich in ein Monster verwandeln konnte. Die Auffanglager, die notdürftig errichtet worden waren, waren derzeit die einzig sicheren Orte. Doch Sam wusste, dass auch hier das Böse lauerte und nur jene eine Zukunft hatten, die sie sich erkaufen konnten, egal wie. Diese Lager waren daher keine Option. Sicher, hier draußen auf sich selbst gestellt war es auch nicht viel besser und man musste ständig wachsam bleiben. Gerade die Suche nach Nahrung und trinkbarem Wasser brachte immer wieder Risiken mit sich. Doch bislang hatten sie großes Glück gehabt.

„Gehen wir weiter?", brach Junis plötzlich die Stille und Sam fiel auf, dass der Hagelschauer offensichtlich vorübergezogen war.

„Ja, lass uns weiterziehen. Wir sind ausreichend mit Synthies versorgt und haben auch genügend Wasservorrat dabei, der locker für die nächsten Tage reichen sollte, bis wir unser Ziel erreichen."

„Wir haben ein Ziel?", fragte Junis überrascht.

„Ja, ich wollte es dir eigentlich noch nicht verraten, doch es gibt da einen Ort mit sauberem Wasser und genügend Nahrung. Viele Menschen versuchen herauszubekommen, wo genau sich dieser Ort befindet, um dort einen Neuanfang zu starten."

„Davon habe ich auch gehört", meine Junis weniger begeistert. „Aber ich habe auch gehört, dass dieser Ort nur eine Legende ist."

„Das dachte ich zunächst auch, doch ich habe die letzten Jahre recherchiert und einiges an Informationen gesammelt. Ich bin dabei auch viele alte Aufzeichnungen durchgegangen, sodass ich nun mit ziemlicher Sicherheit weiß, wohin wir müssen. Wenn ich richtig liege, dann sind wir nur noch etwa vier Tagesmärsche vom Ziel entfernt. Dieser Ort befindet sich zwischen vier heiligen Bergen und war bislang nur den Einheimischen bekannt. Schon immer leben sie dort, abgeschottet vom Rest der Welt, eng verbunden mit der Natur."

Junis schien kurz zu überlegen, dann meinte er: „Wenn das stimmt, dann wird es sie sicherlich nicht freuen, wenn so viele Menschen dorthin wollen."

„Noch ist dieser Ort geheim, doch wenn er der einzig sichere Hafen ist, so befürchte ich, dass er irgendwann überrannt wird", pflichtete ihm Sam bei.

„Hat dieser mysteriöse Ort auch einen Namen?" Allmählich schien sich Junis doch noch für das neue Ziel zu begeistern und schaute seinen Bruder neugierig an.

Sam lächelte. „Nun, in den alten Karten wird das Gebiet zwischen den vier heiligen Bergen mit dem Namen des indigenen Volkes vermerkt."

„Und wie heißt dieses?", bohrte Junis nach und verrollte die Augen, da er es nicht mochte, wenn sein Bruder ihn auf die Folter spannte.

Sam grinste und meinte schließlich: „Das Land der Navadia."

Pamela Murtas, 1975 in Frankfurt-Höchst geboren, lebte seit ihrem zehnten Lebensjahr in Italien, wo sie an der Deutschen Schule Mailand ihr Abitur absolvierte. Nach drei Jahren Moskauaufenthalt kehrte sie nach Italien zurück, um in Rom professionellen Reitsport zu betreiben. Seit 2007 wohnt sie erneut in Deutschland. Neben ihrem vierteiligen Abenteuerroman „Destini" hat sie in verschiedenen Anthologien veröffentlicht.

Änderung des Schreckens

Ich sah hinaus aus dem Fenster. Der Himmel war bedeckt. Die Stimmung, die seit Wochen, wenn nicht gar seit Monaten unsere Stadt beherrschte, konnte ich schon lange nicht mehr leugnen. Essen wurde knapper, Menschen aggressiver und gefühlt kam nichts von den Mächtigen zur Verbesserung. Es wurde täglich über Verhandlungen berichtet, aber zu sehen war nun mal nichts.

Von Freunden hatte ich mitbekommen, dass es in den Ringen unterhalb schon nach Krieg aussah. Geplünderte Läden und Tote. Ich konnte und wollte mir das nicht vorstellen, aber ich hatte keine Zweifel daran, dass das Wirklichkeit war.

„Alenia", rief meine Mutter und riss mich aus den Gedanken. „Steh nicht da rum, hilf mir lieber." Sie hatte Mehl, Eier und Zucker aufgetrieben und wollte damit einen Kuchen backen. Wenn man bedachte, dass wir letztes Jahr alle zwei Wochen einen hatten, war das gerade wieder etwas, was mich an mein Gefühl erinnerte, dass die Zeit noch schlimmer werden würde.

Meine Mutter hatte wieder diesen Glanz in ihren Augen, den sie immer hatte, wenn sie in Gedanken in der Vergangenheit war. Verträumte Blicke und dieses Lächeln, sie dachte an den ersten Kuchen, den sie für meinen Vater gebacken hatte. Manchmal fragte ich mich, ob ich auch mal jemanden finden würde, der so zu mir passt wie er zu ihr.

„So, jetzt noch in den Ofen", sagte sie und nahm die Form hoch. „Machst du ihn bitte auf?"

Ich nickte und öffnete die Tür, dass sie ihn hineinstellen konnte. Gerade als sie ihn verschloss, bebte die Erde. Ruckartig ging mein Blick aus dem Fenster. Lauter Drohnen zogen wie ein Schwarm Vögel von der Stadtmitte über die Ringe. Das Aufstampfen der Ringsoldaten ließ meine schlimmsten Befürchtungen wahrwerden. Der Krieg hatte begonnen, nun war jeder Ring für sich alleine da. Waren noch Älteste am Leben oder würde sich unsere ganze Welt komplett umdrehen?

Die Haustür krachte auf. Mein Vater stand schwer atmend im Türrahmen. „Schnell! Packt das Nötigste ein, wir müssen höher!"

„Was ist passiert?", fragte meine Mutter.

Statt ihr zu antworten, griff er nach dem Karton, leerte das Papier aus und lief weiter zum Schrank. Grob riss er die Kleidung von den Bügeln.

„Antworte!", quiekte sie hysterisch.

„Nur noch Ferdinand und Klaus sind am Leben, die Stadt steht im Krieg." Er wandte sich mir zu. „Los, Alenia!"

Ich nickte mechanisch, aber ich war wie erfroren. Die jüngsten der Ältesten waren noch am Leben, doch diese waren mehr als verfeindet. Aufteilen würde keiner der beiden, bis aufs Blut würden sie um die Alleinherrschaft kämpfen und kämpfen lassen. Als mir klar wurde, was dies für uns hieß, begannen meine Beine sich zu bewegen. Die rechte Hand meines Vaters, der Herrscher unseres Ringes, war damit zu einem Feind geworden. Ich rannte in mein Zimmer, griff nach ein paar Kleidungsstücken und nach dem Bild von mir und meiner besten Freundin. Gerade als ich aus dem Zimmer trat, krachte erneut das Holz gegen die Wand.

Wachen waren dort einfach zu viele, als dass ich erkennen konnte, wie viele es waren. Die vorderste hob ihre Waffe, ein ohrenbetäubender Krach – und mein Vater fiel zu Boden. Ich ließ meine Sachen fallen und hielt mir meinen Mund zu, um meinen Schrei zu ersticken. Ein zweites Mal krachte es und dieses Mal war es meine Mutter, die zusammensackte. Mein Körper beherrschte meine Reaktion und rannte durch mein Zimmer, aus dem Fenster und immer weiter. Stets wieder vernahm ich den Krach hinter mir. Genauso wie das Aufkommen der Stiefel auf der Straße.

Plötzlich wurde ich am Arm gerissen und in eine Gasse gezogen. „Komm", hörte ich meine beste Freundin Maria. Sie hielt mich fest, während sie am Rand der Häuser lief und anschließend in ein Haus hinein. „Schließt!", rief sie aus, als sie mit mir die Stufen in einen Keller ging. Hinter mir wurde es dunkel.

„Sei leise", flüsterte sie mir ins Ohr und drückte mich dabei an die Wand. Stampfen und Radau kamen von oben zu uns geschallt. Marias angespannte Körperhaltung sagte mir, dass sie Angst hatte. Das Einzige, was ich gerade gut fand, war, dass dieser Krach nicht näher kam. Trotz dass es über uns still wurde, blieben wir wie angewurzelt stehen. Plötzlich blendete uns Licht von der anderen Seite. „Kommt", brummte ein Mann.

„Alenia, das ist Rufus."

„Würde mir mal einer erklären, was hier los ist? Warum haben die Wachen meinen Vater umgebracht und Mama, sie ..." Ich begann zu weinen, all die Gedanken und das Chaos der letzten Minuten hatte mich aufgewühlt – eigentlich sollte ich weiterrennen, aber ich konnte nicht. Das Erlebte ließ mich an der Mauer hinuntersinken und meinen Gefühlsausbruch herausbrechen.

Während Maria mich in den Arm nahm und immer wieder sagte: „Ich erkläre dir alles gleich, wir müssen aber hier weg", brummte der Fremde nur Unverständliches.

Grob griff er nach meinem Arm und warf mich über die Schulter. „Keine Zeit!"

Strampeln und die Versuche, aus der Situation zu entkommen, brachten nichts, ich blieb dort, wo ich war, als wenn ich ein kleines Kind wäre. Wir liefen durch Tunneln und irgendwann waren wir wieder in einem Haus, dort ließ er mich runter. Doch durch seinen Griff an meinem Handgelenk zog er mich weiter die Straßen entlang, bis wir zu einem weiteren Haus kamen, wo er mich endlich losließ.

„Wo sind wir?", fragte ich.

„Zwei Ringe über unserem, dich dort zu lassen, wäre dein Tod gewesen. Hier wissen sie nichts von dir." Maria setzte sich. „Alle die, die im Dienste eines Ältesten waren, wurden als Verräter angesehen. Die Familien sollten eliminiert werden."

„Aber warum?"

„Gesetze", brummte der Fremde und reichte mir eine Flasche.

„Was?"

Maria seufzte. „Laut Gesetz werden diejenigen, die den Ältesten unterstellt sind, also dein Vater, zum neuen Ältesten des Ringes, wenn der Älteste stirbt. Was weder Klaus noch Ferdinand natürlich geschehen lassen wollten, sie wollen die alleinige Herrschaft."

Ich wollte nicht fragen, aber es kam einfach hinaus. „Und jetzt?"

„Jetzt müssen wir schauen, dass wir überleben, denn es wird noch schlimmer werden", knurrte der Mann.

Langsam nickte ich und setzte mich neben Maria. „Danke", sagte ich leise. „Das ihr mich gerettet habt."

Sie schmunzelte, während er die Augen verdrehte.

Immer wieder bebte die Erde und in der Nähe knallte es. Jedes Mal zuckte ich zusammen. Vor meinem geistigen Auge sah ich schon die Tür auffliegen und die Wachen uns finden. Doch das Haus verblieb ruhig.

Am nächsten Tag führte Maria mich zu einer Gruppe. Ich war zu einer Rebellin geworden und das nur, weil ich überleben wollte. Jetzt blieb nur zu hoffen, dass alles schnell vorbei war, was ich aber nicht glauben konnte.

***Luna Day** entdeckte ihre Liebe zum Schreiben durch Harry Potter und Rollenspiele. Heute begeistert sie mit einer bunten Mischung aus Kindergeschichten, Fantasy und Romance.*

Wenn Sterne fallen

Noch am Abend zuvor hatte ich sie auf die Stirn geküsst, ihr Hoffnung versprochen, obwohl es keine Hoffnung mehr gab. Hatte ihr Mut gemacht, obwohl der letzte Kampf, der uns noch bevorstand, bereits verloren war. Jedes Mal, wenn ich in ihre sanften, hellbraunen Augen schaute, konnte ich nicht anders, als eine Zukunft für uns in ihnen zu sehen. War das denn zu viel verlangt?

Nun lagen wir hier in den Ruinen einer zerfallenen Welt, die längst untergegangen war. Der Staub, aufgewirbelt durch die Schlachten in den Straßen, zeigte ein makaberes Schattenspiel der Menschen, die ihr Leben in einem letzten Aufschrei des Widerstandes ließen. Ein jeder von uns würde lieber sterben, als der Welt beim Versinken in Gier und Chaos zuzusehen.

Vor nicht allzu langer Zeit waren die Tage noch voller Licht und Leichtigkeit. Niemand beachtete die langen Schatten, die sich am Horizont auftaten. Freiheit und Selbstbestimmung wurden als selbstverständlich angesehen und schienen unantastbar, sicher vor menschlichen Verfehlungen. Doch wir waren blind – blind für das Feuer, das entzündet wurde, das sich gierig und unaufhaltsam seinen Weg durch die Gesellschaft fraß, bis alles, was wir kannten und liebten und in Sicherheit wähnten, in Flammen stand.

Die Straßen brannten.

Die Städte brannten.

Die Welt brannte.

Mein Blick wanderte zu Solana. Tränen liefen in stillem Bedauern über ihre Wangen, bahnten sich ihren Weg durch den Schmutz und das Blut des Kampfes. Mit letzter Kraft rutschte ich durch den Staub näher an sie heran, wollte sie berühren, bei ihr sein. Mein ganzer Körper schrie vor Schmerzen auf, wollte sich ihnen hingeben, wollte so weit in ihnen versinken, dass sie nicht mehr zu spüren waren. Blut quoll aus den tiefen Wunden, färbte den Boden in dunkles Rot. Dann lag ich endlich neben ihr und sah in ihre Augen, die mir auch jetzt noch, trotz Schmerz und Angst, eine Zukunft versprachen.

Solana wimmerte erstickt. Zitternd strich ihre kalte Hand über mein Gesicht und sie zwang sich zu einem Lächeln. „Das ist also das Ende." In ihren Worten lag eine schreckliche Endgültigkeit.

„Sieht so aus." Ich legte meine Hand auf ihre, drückte sie enger an meine Wange.

Tränen trübten Solanas Blick, ließen sich nicht wegblinzeln. Meine eigenen konnte ich nur mit Mühe unterdrücken, wollte ich meine Liebe doch klar vor mir sehen und nicht in einem aufgewühlten Meer aus Gefühlen, die versuchen, sich in meinen Augen aufzuwiegen. Da spürte ich, wie die Kraft aus ihrer Berührung wich und ihre Finger aus meinem Griff rutschten. Plötzlich hustete Solana verkrampft und Blut drang zwischen ihren Zähnen hervor, sammelte sich in einer Lache zwischen uns.

„Luna … es tut mir so leid. Ich … ich …"

Nun brach auch die salzige Trauer aus mir hervor, die ich so verzweifelt zurückgehalten habe, und tropfte zu Boden. Ich rückte näher an meine Partnerin heran, bis sich unsere Stirnen berührten. „Ich weiß, Solana. Es ist schon okay."

Die Verletzungen rafften sie unaufhaltsam dahin und sie wollte nicht gehen. Es war nicht ihre Schuld und auch nicht meine. Das wusste sie, das wusste ich.

Zögernd blickte ich an Solana herab, weil ich mich vor dem fürchtete, was ich sehen würde. Der Dolch in ihrem Bauch hatte fast alles Leben aus ihr fließen lassen. So sehr sie auch auf die Wunde drückte, das Blut wollte nicht aufhören, sich zwischen uns zu ergießen. Still, doch gierig ergötzte sich der staubige Boden an unserem Leid, das sich beides rot und glänzend miteinander vermischte.

Ich rückte noch näher an Solana, drückte ihren schwachen Körper an mich. Auch wenn ich wusste, dass dies ein Abschied war, wollte ich sie nicht gehen lassen. Sie war mein Licht in einer Welt, die in Dunkelheit gestürzt wurde. Eine Dunkelheit, die Sonne und Mond verfinsterte und den Sternen ihren Glanz nahm. Eine Dunkelheit, die die Herzen der Menschen zerfraß und Hass in ihren Köpfen säte.

Als der Große Krieg ausbrach, glaubte ich noch, dass die Gerechtigkeit siegen könnte, dass alles wieder zur Normalität zurückkehren könnte. Doch die Schlachten hielten an und forderten so viele Leben, dass mir bewusst wurde, es würde nie wieder so sein, wie es einmal war.

Schwer verwundet wachte ich damals in einem improvisierten Feldlager auf und blickte in diese wundervollen, hellbraunen Augen. Solana war Ärztin in der kleinen Militärbasis und kümmerte sich liebevoll um die verwundeten Kämpfer des Widerstands. Sie hatte diese warme und mitfühlende Art, die mich an einen milden Sommertag erinnerte, nach dem ich mich in dieser unendlich scheinenden Dunkelheit so sehr sehnte.

In der Zeit, in der meine Wunden heilten, lernten wir uns besser kennen. Jedes Mal, wenn wir zusammen waren, fühlte sich alles so leicht an; ich fand meine Hoffnung wieder. Und eines Tages legte sie ihre warme Hand auf meine Wange und küsste mich. Die Zeit stand still und wir beide wussten, wir würden für eine gemeinsame Zukunft kämpfen.

Seitdem waren wir unzertrennlich. Ich schloss mich ihrer Einheit als Soldatin an und wir zogen Seite an Seite gegen den Untergang in den Krieg. Doch je länger die Kämpfe andauerten, desto mehr wurde uns allen klar, dass wir gegen die Despoten und ihre Armeen keine Chance hatten. Eine Stadt nach der anderen fiel, wurde von der Weltkarte ausradiert. Ein Großteil der Menschheit wurde einfach von der Machtgier einiger Weniger dahingerafft.

Unsere Einheit bestand zu guter Letzt aus gerade mal zehn Leuten; alle anderen Verbündeten waren bereits gefallen. Die gegnerische Armee hatte weit über hundert erfahrene Soldaten und wir waren sieben ausgebildete Kämpfer und drei Mediziner mit gerade mal einer Grundausbildung im Umgang mit Schusswaffen. Unsere Sanitätstruppe legte ihre Schutzstellung als Mediziner ab, um uns im Gefecht voll zu unterstützen. Dieser Krieg war größer als alles, was es zuvor gegeben hatte. Es gab keine Regierungen, keine Ordnung, keine Grenzen mehr, an die wir uns noch halten konnten.

Und doch wollte sich keiner von uns dem Wahnsinn, der diese Welt vernichtete, ergeben. Keiner von uns wollte seine Menschlichkeit und seine Rechte für ein Leben in Tyrannei und Knechtschaft eintauschen. Wir wussten, wir würden in einem letzten Kampf, der für uns bereits verloren war, sterben. Doch wir würden frei sterben und den Unterdrückern unseren Willen entgegenstellen.

Die Armee des Feindes hatte uns überrannt und wir fielen einer nach dem anderen. In der Ferne wurden schon keine Schüsse mehr abgegeben, keine Befehle gebrüllt. Der Staub legte sich wie ein Leichentuch über das Schlachtfeld. Die Ruhe nach dem Blutvergießen trat ein. So lagen Solana und ich nun hier. Es war Zeit, Abschied voneinander zu nehmen.

Mittlerweile war Solanas Atem abgeflacht und ich hörte ihre Lungen angestrengt rasseln. Mit aller Kraft versuchte sie, nicht den Fokus ihrer Augen zu verlieren, sich nicht in die lindernde Dunkelheit der Bewusstlosigkeit fallen zu lassen. Ein stechender Schmerz durchfuhr meinen Arm, als ich meine Hand nach ihrem Gesicht ausstreckte. Nichtsdestotrotz fuhren meine blassen Finger unbeirrt über die dunkle Haut ihrer Wange. Nur dieses letzte Mal wollte ich ihre Haut an meiner spüren, ihre Präsenz in mir aufnehmen.

Solana schloss die Lieder, lächelte mild und gab sich einen kurzen Moment meiner Berührung hin. Mit Mühe sah sie mich an und ich erwiderte ihren Blick.

„Ich liebe dich, Luna." Ihre Stimme war nur ein Flüstern im Wind.

„Und ich liebe dich. Und das werde ich immer. In diesem Leben haben wir zwar keine gemeinsame Zukunft, aber das Schicksal wird uns wieder zusammenführen." Meine Tränen flossen unaufhörlich. Ich wollte Solana noch so viel sagen, wollte mit ihr noch so viel erleben.

„Dann warte ich im nächsten Leben auf dich." Das letzte Lächeln wich von Solanas blassen Lippen. Der weiße Schleier des Todes legte sich über ihre Iriden und sie starrte ziellos in die Weite. Mein Herz schien gleichzeitig vor Schmerz aufzuschreien und zu zerreißen. Schluchzend drückte ich mich an ihren schlaffen Körper. Ich wollte sie noch nicht gehen lassen, aber sie war fort.

Einen Moment lang verharrte ich in meiner Trauer, dann spürte ich, wie mich der Rest meiner Kraft verließ. Ein letztes Mal sah ich in das Hellbraun von Solanas Augen, die mir, durch den Tod getrübt, entgegenstierten. Vorsichtig schloss ich ihre Lieder und drückte meine Stirn an ihre.

„Ich werde dich im nächsten Leben wiederfinden. Du bist mein Licht in der Dunkelheit. Du gibst mir Hoffnung und Kraft. Ich werde dein Licht in jedem Leben suchen und wir werden wieder vereint sein", versprach ich Solana mit erschöpfter Stimme, „egal wie lange es dauert, ich finde dich. Bitte warte auf mich und leuchte mir den Weg. Ich werde dich in jedem Leben lieben!"

Schmerz durchfuhr mich, Kälte vergrub sich in meinen Körper

und Stille dröhnte in meinen Ohren. Der Tod war nah und legte sich schwer auf meine Glieder. Solanas Antlitz verschwand allmählich in der Dunkelheit. Mein Herz schlug träge, pumpte den letzten Rest Leben durch meine Adern, bis auch seine Kraft mit dem letzten Schlag verklang.

Schlussendlich spürte ich keine Trauer, keinen Schmerz, keine Kälte mehr. Ich fiel durch das Nichts. Immer tiefer. Auf der Suche nach Solanas Licht, nach unserer gemeinsamen Zukunft.

Geboren wurde **Alyssa Westensee** *im Sommer 1995 und ist in einer ländlichen Umgebung am Rande des Ruhrgebiets aufgewachsen. Kunst und Kreativität spielen seit jeher eine wichtige Rolle in ihrem Leben. Zeichnen, Malen, Skulpturen erstellen und Schreiben waren für sie schon immer Möglichkeiten, sich selbst auszudrücken. Mit ihren Geschichten möchte sie dem Leser eine andere Welt zeigen. Einzelne Facetten sollen ein Bild ergeben, das nicht immer auf den ersten Blick zu erkennen ist.*

Die Pein des Todgeweihten

Nur knapp verfehlte eine Kugel Cors Bein. Mit letzter Kraft hechtete er zur Seite, direkt hinter einen gröberen Trümmerhaufen, und zerrte hektisch das leere Magazin aus seiner M4A1. Um ihn herum ging die Welt in Explosionen und Schüssen unter, Autos wurden in die Luft gejagt, Handgranaten zerfetzten Freunde und Feinde.

Nur noch ein Magazin übrig. Fluchend lud er nach und richtete den Lauf auf das Chaos vor seiner Deckung. Feindliche Soldaten sprinteten, Befehle brüllend, an ihm vorbei und scannten die Umgebung mit ihren Blicken auf der Suche nach ihm ab. Er wartete, bis sie sich ein Stück entfernt hatten, dann schlich er weiter. Pure Erschöpfung machte sich in ihm breit und legte ihm unsichtbare Fesseln um Beine und Arme, doch er musste es unermüdlich in der Luft halten und aufmerksam bleiben.

Seine hektisch angelegte Uniform war stellenweise bereits zerrissen und die kugelsichere Weste ausgebeult. Wie er bis jetzt überlebt hatte? Das konnte er selbst nicht beantworten. Ein gut positionierter Treffer – und er war Geschichte.

Hastig riss er den Kopf zur Seite, als er das kaum wahrnehmbare Geräusch einer auf ihn zurollenden Granate hörte. So schnell sein steifer Körper es zuließ, sprang er auf und rannte hinter seiner Deckung los. Hinter ihm explodierte sie und hinterließ ein schmerzendes Klingeln in seinen Ohren, Splitter fegten über die halbe Betonwand, streiften seine herausragende Schulter und hinterließen blutige Kratzer.

Geduckt schlich er voran. Über ihm schlugen die Projektile in Betonwänden ein und ließen Schutt und Staub auf ihn herabregnen, doch er ließ sich davon nicht aufhalten. Er war so kurz davor, sein Ziel zu erreichen! Nur noch einige Meter durch dieses brennende Inferno des Krieges, ein paar Minuten länger durchhalten und überleben – und schon war er da.

„Hände hoch und Waffe fallen lassen, Verräter!" Eine bekannte Stimme irgendwoher.

Ohne zu zögern, riss Cor die M4A1 in die Luft und schoss blindlings in die Richtung, aus der die Stimme kam. Ein dumpfes Ächzen ertönte, anschließend das Aufschlagen eines Helmes auf Asphalt. Eine Waffe schlitterte über den Boden.

Cors Mimik verfinsterte sich und er spannte jeden Muskel in seinen Körper an. Eine Sekunde später und er hätte sich zu den Toten am Boden gesellen können. Dabei war ihm mehr als bewusst, dass er verfolgt wurde. Er legte eine scharlachrote Blutspur, die er durch eine offene Wunde am Bein hinterließ und die Soldaten direkt zu ihm führte – wenn sie sein Blut unter all den Leichen, Trümmern und Staub überhaupt sehen konnten. Sein Leben war irrelevant; er war einer von vielen und würde schon bald den Haufen der Leichen krönen, doch zuallererst hatte er ein Ziel zu erreichen.

Jeder Schritt war die reinste Qual. Die schon ältere Schusswunde am Bein stach beim Auftreten, als würde jemand mit einem Messer hineinbohren, sein von Verletzungen und Erschöpfung geprägter Zustand raubte ihm immer mehr den Atem. Schmerzen über Schmerzen – sie überlagerten sich, kombinierten sich, schlugen ihn, drängten ihn zu Boden, wollten seine Niederlage bezwecken.

Scharf zog er die trockene Luft ein und wurde sogleich von einem heftigen Hustenanfall überfallen, der unendliche Wellen grenzenloser Schmerzen durch seinen ohnehin geschundenen Körper schickte und ihm regelrecht Tränen in die Augen trieb.

In weiterer Entfernung stürzte ein Hochhaus ein, die gewaltige Explosion erschütterte die Erde und rüttelte Cor unsanft durch, der taumelte und nur schwer das Gleichgewicht wiederfand. Links von ihm gab es einen Schusswechsel. Rechts fuhren Panzer. Alles weit genug entfernt, sodass er sich nicht darum sorgen musste, aufgehalten zu werden.

So zumindest sein Gedanke, bevor das Haus neben ihm vom Geschoss eines tieffliegenden Jagdflugzeugs in Stücke gerissen wurde und nun direkt auf ihn zu stürzen drohte.

Instinktiv stürmte er nach vorne, blieb dabei jedoch mit dem Stiefel an einer hervorstehenden, verbogenen Metallstange hängen, als auch schon die eiskalte Panik ihn durchflutete. Kurz konnte er das Gleichgewicht halten, ehe er der Länge nach auf den Boden stürzte und dabei sein Sturmgewehr fallen ließ, das in eine weite Spalte in den Trümmern rutschte.

Sein Herz raste wie wild, sein Kopf dröhnte unaufhörlich. Benommen wollte er sich aufrappeln und in Sicherheit springen, jedoch zu spät. Ein Brocken landete direkt auf ihm und quetschte die Luft aus seinen Lungen. Es knackte fürchterlich. Eine Schmerzwelle unvorstellbaren Ausmaßes raste durch Cors verletzten Körper, dass er nicht anders konnte, als die Frust und die Qualen in die Welt hinauszubrüllen. Mit verkrampften Armen versuchte er, sich hochzustemmen und den Brocken von sich abzuwerfen, schnaufte, prustete, schrie in seinem Leiden, gab nicht nach, so gern er es auch wollte.

Verdammt, das konnte doch nicht sein Ende gewesen sein! Wutentbrannt gab er sich einen Ruck und hievte seinen Oberkörper nach oben, unnachgiebig und unerbittlich.

Da! Ein Bein kam frei, wenn auch in einem merkwürdigen Winkel verdreht und offensichtlich gebrochen. Die Muskeln in seinen Armen brannten von der dauerhaften Anspannung, als würden die einzelnen Fasern unter der Belastung jederzeit durchreißen.

Die Sekunden verstrichen erbarmungslos, während er sein anderes Bein zu befreien versuchte. Unaufhaltsam bewegten sich die Zeiger der Zeit, qualvoll tickend. Sie würde nicht stehen bleiben und warten, bis der ehemalige Truppenführer sie eingeholt hatte.

Mit einem kräftigen, letzten Ruck befreite er sich aus dem Brocken. Geschafft! Jetzt musste er nur noch aufstehen, weitergehen und das Haus erreichen. Eine einfache Aufgabe, nicht? Nur aufstehen und dann …

Kaum hatte Cor sich aufgesetzt und mit dem gesunden Bein erhoben, brach die Erschöpfung als Folge der Erleichterung wie ein Tsunami über ihn herein und zwang ihn dazu, sich schwer atmend gegen einen noch stehenden Betonklotz zu lehnen. Seine Lungen brannten wie Feuer, jeder Atemzug legte weiteres Holz dazu. Wagte er eine Bewegung, goss er stattdessen Benzin hinein.

Er konnte die Bilder vor seinen geschlossenen, müden Augen sehen. Etliche Leichen vor ihm auf dem Boden, Kollegen, Feinde, Zivilisten, die er hätte retten sollen. Zerschossen, zerstochen, verstümmelt, verblutet. Blut überall, auf den reglosen Körpern, auf seinen eigenen Händen.

Er kannte die Bilder, nur warum ausgerechnet jetzt? Um ihm zu sagen, dass er versagt hatte? Dass es niemanden geben konnte, der hier gewann?

Der Funke war längst gefallen, die Bombe des Weltuntergangs gezündet. Die Mächte, die diesen Krieg führten, würden keinen einzigen Sieg verzeichnen können, lediglich Niederlagen. Vielleicht, aber auch nur vielleicht war Cor heute der Einzige, der siegreich hervorgehen würde. Nein, er musste siegreich sein!

Mit zusammengebissenen Zähnen stemmte er sich von der Betonsäule weg, mit dem metallischen Geschmack von Blut im Mund und einem klaren Ziel vor Augen, auch wenn jeder einzelne Zentimeter seines Körpers vor Schmerzen in Flammen stand.

Unter Aufwendung all seiner Kraft entnahm er einem gefallenen Soldaten die Waffe sowie drei Magazine und lud sicherheitshalber nach. Einem anderen Soldaten, der mit einem Kopfschuss getötet worden war, entwendete er die kugelsichere Weste und legte sie sich selbst an. Er war bereit. Hoffentlich waren ihm seine ehemaligen Freunde auf den Fersen, dann konnte er sie beruhigt mit der Rettung beauftragen, sollte er sterben. Niemand würde ihm jemals verzeihen, weder seine Kollegen noch seine Familie, die er aufgrund seines Egoismus verlassen hatte. Umso mehr war er dazu verpflichtet, das Kostbarste in seinem Leben zu beschützen.

Hinkend schleppte er sich voran, vorbei an Trümmern, an Kriegsopfern, an herrenlosen Waffen, stur die Straße im Blick behaltend. Sein Zuhause stand gleich um die Ecke, er war so gut wie da. Da sah er es: ein halbes Haus, das Dach zusammengefallen, die Straße davor völlig aufgerissen und bespickt mit den brennenden Skeletten von Autos.

Heißes Adrenalin schoss durch Cors Körper. So schnell er konnte, humpelte er auf die Eingangstür zu und platzte geradewegs in eine grauenvolle Szene. Das sonst so saubere Wohnzimmer war völlig verunstaltet und stellenweise blutverschmiert, die Leiche seiner Frau lag inmitten eines Haufens zerstörter Möbel. Aus dem Schlafzimmer dröhnten Schreie, vermutlich Befehle in einer Sprache, die er nicht verstand. Sie waren ihm zuvorgekommen.

Trauer überkam ihn, als er sich mit einem furchtbaren Druck in der Brust an der Leiche vorbeischlich. Angespannt erreichte er das Kinderzimmer und öffnete leise die Tür. Zumindest sein Sohn musste doch noch leben!

Auf den ersten Blick wirkte alles normal. Nur der Schrank stand einen Spalt offen, aus dem ihn ein Paar wachsamer Augen beobachtete.

Da war er – und er lebte! Die Erleichterung zauberte dem Soldaten ein Schmunzeln ins Gesicht, das er jedoch sofort mit einem Zeigefinger auf den Lippen verschwinden ließ.

Mit dem Sturmgewehr in den Händen und dem Finger am Abzug stellte er sich auf die andere Seite der Tür und lauschte. Schwere Schritte näherten sich ihm, jemand schrie wie wild umher, etwas wurde herumgeworfen.

Schließlich wurde die Tür mit einem Knall aufgetreten, woraufhin der erste Feind ins Zimmer stürzte. Cor richtete den Lauf auf den Kopf und schoss gnadenlos. Der nächste hinter ihm konnte lediglich einen Blick auf ihn erhaschen, ehe auch er mit einem Treffer in den Hals außer Gefecht gesetzt wurde. Der dritte kam mit erhobener Waffe herein, doch Cor jagte ihm die Kugel präzise zwischen die Augenbrauen. Der letzte duckte sich rechtzeitig weg und hechtete über seine gefallenen Kollegen, der Schuss ging völlig daneben. Energisch riss er die Waffe herum und verfolgte den Feind, der bereits mit auf ihn gerichteten Lauf vor ihm stand und boshaft grinste.

Blitzschnell drehte sich Cor zur Seite, sein Herz wild pochend, und schlug mit der Schulterstütze seines Gewehrs die Waffe des Gegners weg.

Es knallte. Völlig überrascht stürzte er auf die Knie, ließ die Waffe im Schockmoment fallen. Das gebrochene Bein explodierte regelrecht im Schmerz, als ob er davon noch nicht genug gehabt hatte. Sein verwirrter Blick huschte hinauf zu einem fünften Gegner, der soeben dazugestoßen war und seinem Kollegen wohl aus der Klemme geholfen hatte. Seine Unaufmerksamkeit wurde mit einer weiteren Kugel in den Arm bestraft.

Es war vorbei, jegliche Kraft, die er bis jetzt noch besessen hatte, verloren. Verbittert stürzte er zu Boden und sah mit verschwommenem Blick zu, wie einer von ihnen auf den Schrank zuging und die Flügel gewaltsam aufriss. Der andere zerrte seinen nun angsterfüllt schreienden Sohn heraus, zwang ihn zu Boden und hielt den Lauf der Waffe an seine Stirn. Cor wollte etwas sagen, aber er schaffte es nicht mehr; zu benommen war er.

Die Soldaten wechselten einige Worte miteinander. Überlegten sie, ob sie schießen sollten? Der erste schüttelte den Kopf und wandte sich wieder seinem Sohn zu, ohne den Lauf zu entfernen. Der Finger lag am Abzug.

Er versuchte es abermals, doch es bewegten sich nur seine Lippen. Kein Laut wollte seiner trockenen Kehle entweichen, nicht einmal ein verzweifeltes Krächzen. Alles zu spät, alles seine Schuld. Er hatte auf ganzer Linie versagt. Die Tränen flossen unaufhörlich, als er die Augen zusammenkniff und nur noch den Knall hörte. Das Schreien verstummte schlagartig. Schritte kamen auf ihn zu.

Sanft wurde sein Arm angehoben und die noch warme Leiche seines Sohnes gegen ihn gedrückt. Heiße Tränen der Wut und Trauer rollten über seine Wangen, der Knoten in seiner Brust zog sich zusammen und verfestigte sich. Leise wimmernd zog er den Körper an sich und vergrub das Gesicht in den weichen Haaren des Jungen. Der Geruch von Blut gelangte in seine Nase.

„Wir führen nur Befehle aus", sagte der Soldat über ihm mit einem ausländischen Akzent. „Tut mir leid. Möget ihr Frieden in einer Welt ohne Krieg finden."

Er spürte warmes Metall an seinem Hinterkopf, doch es kümmerte ihn nicht mehr. Es interessierte ihn nicht mehr, dass die Waffe ein Klicken von sich gab.

Der letzte Knall endete abrupt.

*Die 2004 geborene Hobbyautorin **Xena Blayze** wohnt südlich von Wien, Österreich. Sie ist als Medienfachfrau tätig und liebt es, in ihrer freien Zeit zu schreiben und zu zeichnen. Schon seit dem elften Lebensjahr verfasst sie Geschichten in den Bereichen High und Science Fantasy und arbeitet aktuell an ihrem Debütroman.*

Die Namen der Götter

Merle presste sich fest an die Mauer und schnappte nach Luft. Ihre Lungen brannten und bei jedem Atemzug hatte sie Seitenstechen. Aber sie war am Leben. Mit einer Hand tastete sie nach ihrem Funkgerät in der Hosentasche, während sie mit der anderen Hand fest ihre Pistole umklammerte.

„Natascha", keuchte sie in das Funkgerät, „kommen!"

Doch nur statisches Rauschen antwortete ihr.

„Natascha, kommen!", befahl sie erneut.

Nichts … Fluchend verstaute sie das Funkgerät wieder in ihrer Hosentasche, bevor sie über den Rand der Mauer spitzte. Qualm hüllte die Ruinen ihrer Heimatstadt ein und der Geruch nach Tod hing in der Luft. Der Krieg hatte auch vor ihnen nicht halt gemacht.

Seufzend ließ Merle sich wieder in ihr Versteck fallen. Nie hätte sie gedacht, dass es so weit kommen würde. Wie alle anderen hatte sie die Nachrichten im Fernsehen ungläubig verfolgt. Trotzdem hatte sie sich noch sicher gefühlt. Der Krieg war zwar näher gekommen, doch es gab keinen Grund, eine kleine Stadt mitten im Harz anzugreifen. Es gab keine Exportgüter, keine strategisch wertvolle Lage. Aber die Soldaten waren trotzdem gekommen. Der Krieg tobte auf der ganzen Welt; es gab keine Verbündeten mehr, kein höheres Ziel. Gewalt war alles, was die Menschen noch kannten.

Merle hatte von einem Ort gehört, an dem es keinen Krieg gab, nur darum wollte sie ihre Heimat verlassen. Gemeinsam mit Natascha hatte sie über die letzten Wochen Vorräte gesammelt und Pläne geschmiedet. War jetzt alles umsonst gewesen? War Natascha tot?

„Nein!", sagte Merle laut. Natascha konnte nicht tot sein, sie durfte nicht tot sein. Merle hatte ihre ganze Familie an diesen verfluchten Krieg verloren, sie konnte nun nicht auch noch ihre Freundin verlieren. Entschlossen schlich sie sich aus ihrem Versteck und den Weg zurück, den sie gekommen war.

Die Ruinen der Gebäude ragten drohend um sie herum auf. Zwischen den Trümmern gab es zu viel Möglichkeiten, sich zu verstecken. Viele der Soldaten waren zu Söldnern geworden, die entweder für Geld oder zum puren Vergnügen mordeten. Oder Schlimmeres … Merle hatte die Leichen der jungen Frauen gesehen, das Blut, das in Strömen über ihre Beine geflossen war.

Angestrengt versuchte sie, etwas durch den Rauch zu sehen, der seit Jahren über jeder Stadt lag. Jeder Schatten konnte ein Mensch sein. Jeder Schatten konnte ein Feind sein.

Merle setzte langsam einen Fuß vor den anderen. Sie stieß gegen eine Glasflasche, die klirrend davonrollte, und sie unterdrückte einen Fluch. Da ertönte ein schwaches Stöhnen hinter einem eingestürzten Haus. Erst wollte Merle einfach weitergehen, doch dann entschied sie sich anders. Geduckt schlich sie auf das Haus zu und kletterte über die eingestürzten Grundmauern. Der Junge lag gleich auf der anderen Seite. Er war blass und presste sich eine Hand auf die Seite, die verdächtig blutig aussah.

Merle eilte zu ihm und fiel neben ihm auf die Knie. „Was ist passiert?“, zischte sie ihm zu.

Die Brust des Jungen hob und senkte sich unregelmäßig, er konnte nicht älter als fünfzehn sein. „Wir wurden überfallen“, stieß er zwischen zwei Atemzügen hervor. „Mein Bruder …“

Merle sah sich um, konnte aber niemand entdecken. Beruhigend legte sie dem Jungen eine Hand auf die Schulter. „Wie heißt du?“

„Aaron“, keuchte er, „bitte, mein Bruder …“ Er hob eine blutige Hand und zeigte vage hinter Merle. „Er ist in diese Richtung gerannt.“

Bevor sie etwas erwidern konnte, tauchte eine Gestalt neben ihr auf. „Hier“, sagte Natascha und drückte Merle Bandagen in die Hand, „wir müssen die Blutung stoppen.“

Merle war für einen Moment so verblüfft, dass sie gar nicht reagieren konnte. Stattdessen sah sie zu, wie Natascha Aarons Shirt hochzog, um die Wunde zu reinigen. Erst als sie sich umwandte, um ihr die Bandagen abzunehmen, platzte es aus ihr heraus: „Wo bist du gewesen?!“

„Pst“, zischte Natascha, „wir wissen nicht, ob die Soldaten noch in der Nähe sind.“

„Ich habe mir Sorgen um dich gemacht“, fauchte Merle, senkte aber die Stimme, „ich habe gedacht, ich hätte dich verloren!“

Ihre Freundin befestigte den Verband, bevor sie sich Merle zuwandte und sie leicht auf die Lippen küsste. „Aber du hast mich nicht verloren."

„Was ist passiert?", wollte Merle mit einem Blick auf Aaron wissen, der mittlerweile erschöpft die Augen geschlossen hatte.

Natascha zuckte mit den Schultern. „Das weiß ich auch nicht so genau. Ich bin hier regelrecht über ihn gestolpert, wer auch immer ihn angegriffen hat, war bereits verschwunden."

„Er sagte, sein Bruder wäre davongerannt, vermutlich den Angreifern hinterher." Merle sah in die Richtung, in die Aaron gedeutet hatte. Die Schatten der Ruinen ragten bedrohlich um sie herum auf. „Was sollen wir jetzt machen?"

„Wir können ihn nicht einfach hier liegen lassen", sagte Natascha.

Merle gefiel das zwar überhaupt nicht, aber sie gab ihrer Freundin recht. „Komm", sagte sie und griff nach Aarons Beinen, „du nimmst den Oberkörper."

Doch als sie ihn bewegen wollten, schrie Aaron vor Schmerzen auf. Langsam ließen sie ihn wieder zu Boden gleiten. Vermutlich hatte er sich irgendetwas gebrochen. Bevor noch jemand von ihnen etwas sagen konnte, pfiff ein Schuss nur knapp an Merle vorbei.

„Verdammt!", fauchte sie und griff nach ihrer Waffe.

Gemeinsam mit Natascha suchte sie Deckung. Gestalten lösten sich aus dem Nebel, ein Junge und ein Mädchen. Sie sahen noch jünger aus als Aaron und Merle schüttelte ungläubig den Kopf. Was hatte der Krieg nur aus ihnen gemacht?

„Aaron!", rief der Junge aus und lief zu ihm. „Aaron, wir haben sie gekriegt! Hörst du mich?" Er fiel neben ihm auf die Knie und schüttelte ihn. „Aaron?"

Das Mädchen, das die Waffe immer noch wachsam erhoben hatte, sagte: „Lass ihn in Frieden, Tom, er ist tot."

„Ist er nicht!", schrie Tom. „Siehst du, er atmet noch!"

„Und jemand hat ihn verarztet, sieh dir die Bandagen an. Es kann sein, dass sie immer noch in der Nähe sind."

„Wenn ihn jemand verarztet hat, wollte er helfen", beharrte Tom. „Dann sind es nicht unsere Feinde, Nadja."

Nadja wirkte nicht überzeugt. Die Lippen zu einem schmalen Strich zusammengepresst, sah sie aus wie eine Erwachsene, die im falschen Körper steckte.

Merle ruckte einmal mit dem Kopf und sie verließ ihr Versteck.

Tom schoss sofort nach oben, die Waffe fest auf die beiden Frauen gerichtet. Die Situation war so absurd, dass Merle am liebsten gelacht hätte.

„Stehen bleiben!", befahl er und klang plötzlich nicht mehr nach dem Jungen, der gerade noch seinen Bruder geschüttelt hatte.

„Beruhig dich", sagte Merle zu ihm und steckte ihre Pistole weg. „Wir haben deinen Bruder versorgt, wir wollen euch nichts tun."

„Wir wollen nur weiterziehen", bestätigte Natascha.

Nadja und Tom ließen langsam die Waffen sinken. „Wo wollt hier hin?", fragte Nadja misstrauisch. „Zu wem gehört hier?"

„Zu niemandem mehr", antwortete Merle.

„Dann seid ihr Söldner", vermutete das Mädchen und hob prompt wieder ihr Gewehr.

Merle verdrehte die Augen, während Natascha noch versuchte, vernünftig zu sein. „Wir sind keine Söldner. Wir haben den Krieg satt, wir sind auf der Suche nach Navadia."

„Navadia gibt es nicht", behauptete Tom, während er wieder neben seinem Bruder auf die Knie sank und ihm liebevoll den Arm streichelte.

„Vielleicht hast du recht", stimmte Natascha zu, „vielleicht aber auch nicht. Ihr seid zu jung, um euch daran zu erinnern, aber die Welt war nicht immer so. Es gab eine Zeit, in der die Menschen friedlich zusammengelebt haben."

Merle zog die Augenbrauen hoch und sah ihre Freundin fragend an. Jetzt übertrieb sie aber.

Die Kinder tauschten einen zweifelnden Blick. „Es ist gefährlich, allein zu sein", sagte Tom zögerlich.

„Wir sind nicht allein", fauchte Nadja ihn an, „wir haben uns."

„Hört zu", mischte Merle sich ein, die es satthatte, zu diskutieren, „ihr könnt mit uns kommen oder auch nicht, um ehrlich zu sein, ist mir das ziemlich egal, aber dein Bruder hat mit uns definitiv bessere Überlebenschancen."

Toms Lippe begann zu zittern. Sofort tat es Merle leid, dass sie so harsch gewesen war. Bevor sie allerdings noch etwas sagen konnte, ertönte ein Schuss.

„Oh", machte Tom noch, bevor er in sich zusammensackte, ein Loch genau zwischen den Augen.

„Runter!", schrie Merle und packte ihre Freundin am Arm.

Sie warfen sich hinter einer Mauer auf den Boden, als ein weiterer Schuss ertönte. Ein Körper fiel mit einem dumpfen Geräusch – Nadja war tot. „Was jetzt?", fragte Natascha.

Merle lauschte in die verräterische Stille hinein. Keine Schritte kamen näher, keine Stimme forderte sie auf, sich zu ergeben. Doch das hatte nichts zu sagen, Merle selbst hätte es nicht anders gemacht. Zu dumm nur, dass sie es jetzt nicht mehr mit hilflosen Jugendlichen zu tun hatten. Sie griff nach ihrer Pistole und entsicherte sie. Mit dem Lauf zeigte sie auf eine Ansammlung von Ruinen, etwas entfernt.

„Wir lassen sie zu uns kommen", flüsterte sie ihrer Freundin zu. „Du wartest hier, ich gebe dir von dort hinten Feuerschutz."

Natascha nickte grimmig und entsicherte ebenfalls ihre Waffe. Bevor Merle sich in Bewegung setzen konnte, ertönte eine Stimme direkt von der anderen Seite der Mauer. „Lasst den Unsinn, wir wissen genau, dass ihr da seid."

Die Stimme war weich und melodisch angenehm. Merle ertappte sich dabei, dass sie aufstand, um sich zu zeigen, und hielt in der Bewegung inne. Sie griff nach Nataschas Arm, der es offensichtlich genauso ging.

„Was ist da los, Morrigan?", rief da eine männliche Stimme.

„Sie sind widerspenstig", antwortete die Frau.

Ein Schatten näherte sich von der Seite und Merle und Natascha hoben sofort ihre Waffen.

„Runter damit", befahl Morrigan.

Beide gehorchten. Sie konnten nichts dagegen tun, es war, als habe eine unsichtbare Macht ihre Arme nach unten gedrückt. Merle funkelte die unbekannte Frau wütend an. Sie war klein und zierlich, mit dunklen Haaren und blasser Haut. Ihr Oberkörper wurde nur von einem eigenartigen Ledergeschirr bedeckt, während ihre Beine in Armeehosen und schweren Stiefeln steckten.

„Wer seid ihr?", fragte Morrigan, während sich weitere Schatten näherten.

„Wer seid ihr?", fragte Merle zurück. „Für wen arbeitet ihr?"

Morrigan war von ihren Gefährten umgeben, die alle die gleiche Kleidung trugen.

„Wir arbeiten für die Götter", antwortete ein Mann, der ein Maschinengewehr bei sich trug. Der Lauf zeigte zu Boden, als würde er Merle und Natascha nicht als Bedrohung ansehen.

„Die Götter", wiederholte Merle zweifelnd.

Vermutlich war das wieder irgendeine Organisation, die es sich zur Aufgabe gemacht hatte, eine neue Weltordnung zu schaffen. Im Krieg waren unzählige davon aus dem Boden gesprossen; selbstverständlich hatte niemand es geschafft, tatsächlich wieder eine Ordnung herzustellen.

„Ihr glaubt auch an die Götter", behauptete Morrigan, „immerhin sucht ihr nach Navadia."

Merle lief es kalt den Rücken herunter; diese Gruppe hatte die Unterhaltung mit Tom belauscht, hatte sich angeschlichen, ohne dass es jemand bemerkt hatte.

„Ich glaube nicht, dass Götter den Mord an unschuldigen Kindern gutheißen", sagte Natascha.

„Sie waren nicht unschuldig", sagte eine andere Frau, „sie haben ihre Seele verkauft, darum waren wir hinter ihnen her. Wir verfolgen sie schon lange."

Merle und Natascha wechselten einen unsicheren Blick.

„Ihr habt die Macht der Götter selbst gespürt, die Macht der alten Götter. Navadia ist das Reich, das sie geschaffen haben, um den Krieg zu beenden", erklärte Morrigan. „Wir sind ihre Diener, wir wurden auf die Welt geschickt, um sie zurück ins Licht zu führen."

„Es ist eure Entscheidung, ob ihr uns folgen wollt oder nicht", fügte ein Mann hinzu, „aber wenn ihr uns folgt, entscheidet ihr euch für den Weg der Götter, ihr müsst alles hinter euch lassen, eure Vergangenheit, eure Familien. Vielleicht sogar euch selbst."

Langsam ging die Gruppe davon, einer nach dem anderen verschwand im Nebel, während Merle und Natascha unsicher zurückblieben. Morrigan war die Letzte, die verschwand, doch sie wandte sich noch einmal um und streckte die Hand nach ihnen aus. Automatisch verschränkten die beiden Frauen ihre Hände ineinander und liefen auf sie zu.

Lena Obscuritas, geboren 1994, lebt und arbeitet in München. Sie ist als Autorin für das Magazin „Schattenseiten" tätig und als Tanzlehrerin selbstständig. Zwei Romane: „Schwarze Präsenz" und „Aura" sind bereits erschienen. Dazu zahlreiche Kurzgeschichten.

Pünktlich um vier

„Sandskorpion ruft Adlerhorst! Sandskorpion ruft Adlerhorst! Adlerhorst, bitte kommen!"

Leeres Rauschen.

„Sandskorpion ruft Wüstenfuchs! Sandskorpion ruft Wüstenfuchs! Wüstenfuchs, bitte kommen!"

Immer noch leeres Rauschen.

„Sandskorpion ruft Geierschnabel! Sandskorpion ruft Geierschnabel! Geierschnabel, bitte kommen!"

Nichts als leeres Rauschen, nur gelegentlich mit Pfeifen kombiniert.

„Sandskorpion ruft Löwenrudel! Sandskorpion ruft ..."

Der Funker wurde harsch unterbrochen. „Das nützt doch alles nichts. Seit Wochen haben wir keinen Kontakt mehr zu den anderen Beobachtungsposten. Gib es doch endlich auf."

Korporal Fred Lakatos nahm sein Headset ab und blickte Sergeant Jenifer Kartowksy grimmig an. „Ist das ein Befehl, Jenny?", fragte der Funker Sergeant Kartowsky, die auf ihrem Feldbett lag und in einem zerfledderten Taschenbuch las.

„Das ständige Rauschen deines Funkgerätes nervt."

Korporal Lakatos zuckte mit den Schultern. Während er sein Headset wieder aufsetzte, meinte er: „Wenigstens habe ich etwas zu tun." Er widmete sich wieder dem Suchen der Frequenzen, indem er mit beiden Händen über das Touchpad seines Funkgerätes fuhr. „Außerdem könnten sich Bill und Jack jederzeit melden."

Sergeant Kartowsky ließ ein kurzes, verächtliches Lachen hören und antwortete: „Die beiden sind tot. Oder desertiert. Oder gefangen genommen. Was weiß ich, was mit denen ist, aber die sehen wir nie wieder."

Lakatos seufzte und fragte: „Und was macht dich da so sicher? Die beiden sind erfahrene Soldaten, waren schon vor dem Krieg bei der Armee. Ich glaube, die wissen, wie man in der Wüste überlebt."

Kartowsky hatte eine Seite ihres Buches umgeblättert. Sie verdrehte ihre Augen und erklärte: „Sie sind schon länger weg, als ihre Vorräte, der Diesel im Tank ihres Jeeps oder der Sauerstoffvorrat ihrer Schutzanzüge reichen würde. Die kommen nicht mehr zurück.“

Lakatos murrte, irgendetwas in seinem Inneren aber sagte, dass Sergeant Kartowsky wohl doch recht hatte. Dennoch war er nicht bereit, seine Hoffnungen aufzugeben. „Außerdem ist Fähnrich Valera auch noch da draußen.“

Jenny Kartowsky seufzte: „Die sehen wir auch nicht wieder.“

Korporal Lakatos drehte sich zur Sergeantin und bemerkte spitz: „Warum bist du denn heute so negativ? Sind das wieder deine Hormone?“

Wütend warf Kartowsky das Buch nach ihm.

Es war schon Nachmittag, als die Plane an der Öffnung des Zeltes beiseitegeschoben wurde. Eine Gestalt in einem hellbeigen Gummianzug trat ein. Ihr Kopf war von einem Helm und einer Sauerstoffmaske bedeckt, ein Schlauch führte über die linke Schulter nach hinten zu einer Luftflasche und überdeckte einen Teil des weinroten Rangabzeichens.

Korporal Lakatos blickte die Gestalt kurz an, dann drehte er sich zu Sergeant Kartowsky um und rief: „Ich hab es dir doch gesagt, Fähnrich Valera kommt zurück!“

Die Sergeantin ignorierte ihn.

Fähnrich Susan Valera nahm ihren Helm ab und schüttelte die blonden, schulterlangen Haare, die sie darunter verborgen hatte. „Ihr habt wohl schon Wetten abgeschlossen, ob ich draufgehe, was?“, fragte sie und lachte.

Nachdem sie sich aus dem Schutzanzug geschält hatte, ging sie zu Lakatos und fragte: „Irgendwelche Neuigkeiten?“

Lakatos schüttelte den Kopf: „Nein, Ma'am, ich habe keine anderen Beobachtungsposten erreicht, auch das Hauptquartier geht nicht ran.“

Sie nickte besorgt.

Lakatos fuhr fort. „Jack und Bill haben sich ebenfalls nicht gemeldet. Das Einzige, was durchkommt, ist diese Botschaft von diesem Camp. Die kommt dafür jeden Tag, auf allen Frequenzen, pünktlich um vier.“

„Danke, Korporal. Halten Sie mich auf dem Laufenden.“

Dann wandte sich Fähnrich Valera Sergeant Kartowsy zu. Sie

hockte sich neben das Feldbett und fragte: „Wie geht es dir, Sarge?“
„Danke, Ma'am, es geht“, murrte die Angesprochene.

Valera betastete Kartowskys Bauch und fragte: „Spürst du schon was?“

„Nein, Ma'am, nur die Übelkeit.“

Während Valera wieder aufstand, fiel ihr Blick auf das zerfledderte Büchlein auf Kartowskys Nachtkästchen. Sie griff danach, hob es hoch und las den Titel vor: „Militärstrafrecht im Kriegsfall.“ Sie nickte bewundernd: „Spannende Lektüre, Sarge.“

Sergeant Kartowsy setzte sich in ihrem Feldbett auf. „Ich möchte vorbereitet sein, Ma'am. Paragraf fünf: Absichtlich herbeigeführte medizinische Vorwände, um dem Kampfeinsatz zu entgehen; Absatz neun: Schwangerschaft bei Unteroffizierinnen: Insbesondere die Unteroffiziersränge haben ein vorbildliches Beispiel soldatischer Tugend zu sein ...“

Sie wurde von Fähnrich Valera unterbrochen: „Danke, ich kenne die Vorschriften.“

Kartowsky fuhr fort: „Wenn wir abgelöst werden und zurück ins Hauptquartier kommen, dann muss ich mich sicher vor dem Kriegsgericht verantworten ...“

Fähnrich Valera unterbrach sie erneut: „Dann rufe ich meinen Bruder an. Tom hatte vor dem Krieg eine Anwaltskanzlei, der holt einen Freispruch heraus noch vor dem Geburtstermin, du wirst sehen. Mach dir keine Sorgen.“

Plötzlich rief Korporal Lakatos: „Ruhe! Es geht wieder los!“

Fähnrich Valera blickte auf ihre Uhr. Es war vier. Lakatos hatte das Funkgerät auf die höchstmögliche Lautstärke gestellt. Die folgende Botschaft hatten sie die folgenden Tage schon ein paar Mal gehört:

„Menschen dieser Erde! Der schreckliche Krieg, der die Welt verwüstet hat, ist zu Ende. Die Städte sind zerstört, die Regierungen sind zusammengebrochen, die Armeen sind vernichtet. Es gibt keine Soldaten und Zivilisten, keine Sieger, keine Besiegten, keine Verbündeten, keine Feinde mehr, es gibt nur noch Überlebende! Wir sind eine Gruppe von Überlebenden aus neutralen Ländern, die einen Ort gefunden haben, der von der Zerstörung und Verseuchung bislang verschont geblieben ist. Dieser Ort ist das Auffanglager Navadia. Navadia ist ein neutraler Ort, der alle Menschen willkommen heißt. Wir nehmen jeden auf, jedes Alter, jedes Geschlecht, jede Religion, jede Nation, jede Hautfarbe, Zivilisten und Soldaten. Auch jene, die durch die Strahlung der Nuklearwaffen, durch Chemiewaffen, durch biologische Waffen verseucht, erkrankt oder entstellt wurden. Wir weisen niemanden ab. Vor allem rufen wir den Soldaten zu, die immer noch kämpfen: Soldaten aller Nationen: Stellt eure Kampfhandlungen ein und schließt euch uns an! Gebt euer Leben nicht sinnlos für eine untergegangene Welt, sondern helft mit, an der Zukunft zu bauen, am Aufbau einer neuen Menschheit! An alle Überlebenden: Schließt euch uns an. Wir haben sauberes Trinkwasser, Nahrung, medizinische Versorgung, saubere, trockene Unterkünfte. Unsere Koordinaten ..." Ein lautes Rauschen übertönte die Übertragung.

„Keine Sorge", meldete sich Lakatos, „ich habe die Nachricht schon vor ein paar Tagen komplett mitgeschrieben. Wir haben die Koordinaten, die Warnung, dass auf Plünderer geschossen würde, die Schlussworte und so weiter."

Fähnrich Valera hatte sich während der Übertragung neben Sergeant Kartowsky auf das Feldbett gesetzt. Nun stand sie auf und ging langsam in die Mitte des Zeltes. Sie atmete tief und lange aus, bevor sie sich an Korporal Lakatos wandte: „Korporal, Sie haben die Koordinaten dieser Auffangstation?"

Der Angesprochene nickte: „Ja, Ma'am!"

Valera befahl ihm knapp. „Berechnen Sie die Strecke von hier nach Navadia."

Der Korporal blickte seine Vorgesetzte fragend an, nahm dann aber eine Landkarte aus einer Schublade seines Tisches, ein Blatt Papier und begann darauf zu zeichnen, zu schreiben, zu rechnen. Währenddessen bemerkte er: „Wenn das Tablet noch funktionieren würde, ginge es schneller, aber die Akkus sind leer. Neue, volle hätten mit der letzten Nachschublieferung kommen sollen. Ohne Nachschub kein Strom."

Während sich Lakatos wieder an die Berechnungen machte, fragte Sergeant Kartowsky: „Ma'am, was hat das zu bedeuten?"

Fähnrich Valera erzählte: „Ich war da draußen, habe unsere nächstgelegenen Posten aufgesucht. Beobachtungsposten Geierschnabel ist völlig zerstört, die Besatzung tot. Ich habe sie allein im Wüstensand begraben. Beobachtungsposten Löwenrudel ist verlassen. Laut schriftlicher Nachricht wollten sie sich ins Hauptquartier zurückziehen. Wir sind die einzige Station, die noch intakt ist. Aber wer weiß, wie lange noch, wenn Nachschub und Ablösung weiterhin ausbleiben. Ich habe mich also entschlossen, dass auch wir unseren Beobachtungsposten aufgeben."

Kartowsky und Lakatos sahen Valera mit offenen Mündern an.

„Diese Entscheidung ist mir nicht leicht gefallen. Aber sie ist unsere einzige Option. Unsere Vorräte reichen nicht ewig. Und außerdem müssen wir hier weg, solange Sergeant Kartowsky noch in einen Schutzanzug passt. Die einzige Frage ist nur noch, wohin. Zurück ins Hauptquartier oder nach Navadia?"

Korporal Lakatos hatte seine Berechnungen beendet. Er nahm die Karte auf, die er mit dem Bleistift ein paar Routen gezeichnet hatte, und seinen Notizzettel und gab beides wortlos an Fähnrich Valera weiter. Dann setzte er sich wieder auf seinen Platz und wartete auf die Entscheidung.

Valera blickte die Karte kurz an, sah dann auf das Blatt Papier, auf das Lakatos einige Notizen über den Stand der Vorräte, topografische Daten und den Ressourcenverbrauch für jede Route aufgeschrieben hatte. Überraschend schnell kam Valera zu einer Entscheidung: „Navadia. Es ist unsere einzige Chance."

Sofort protestierte Sergeant Kartowsky: „Aber das kommt einer Fahnenflucht gleich!"

Valera schnitt ihr sofort das Wort ab: „Ein Rückzug ins Hauptquartier würde fast doppelt so lange dauern. Dafür würden unsere Vorräte nicht reichen. Und wer weiß, ob es das Hauptquartier noch gibt. Alle Kontaktversuche sind fehlgeschlagen, die Ablösung und der Nachschub sind ausgeblieben. Entweder sind die Wege zum Hauptquartier unterbrochen oder das Hauptquartier ist zerstört. Was immer auch der Fall ist, es ist weniger riskant, nach Navadia zu gehen als zurück ins Hauptquartier."

Sie ging zu dem Tisch, an dem Lakatos noch saß und scheuchte den Korporal auf. „Hiermit ergeht mein Befehl, die Stellung zu räumen. Zusätzlich zum regulären Marschgepäck packen wir so viel Wasser, Nahrung, Treibstoff und Atemluft wie möglich auf den Pick-up. Jeder nimmt eine Lang- und eine Kurzwaffe und für jede davon dreißig Schuss Munition mit. Die großen, sperrigen Dinge lassen wir hier. Wir beginnen jetzt mit dem Packen, dann legen wir uns schlafen, morgen um Nullsechshundert brechen wir auf."

Während Lakatos und Kartowsky damit begannen, ihre Tornister mit ihren Habseligkeiten zu füllen, setzte sich Fähnrich Valera an den Tisch, nahm sich Papier und Stift und schrieb auf drei Blätter:

Schriftlicher Befehl:
Als ranghöchster verbliebener Dienstgrad ordne ich an, dass wir uns aus unserer Beobachtungsstellung zurückziehen. Aufgrund des Ausbleibens des Nachschubs sowie der seit Wochen überfälligen Ablösung bin ich zum Schluss gekommen, dass unsere Streitkräfte nicht mehr im erforderlichen Maße handlungsfähig sind. Unser Ziel ist daher das Überlebendenauffanglager Navadia.
Für diese Entscheidung übernehme ich alleine die volle Verantwortung. Sergeant Jenifer Kartowsky und Korporal Fred Lakatos, meine einzig verbliebenen Untergebenen, handeln auf meinen ausdrücklichen Befehl!
Gezeichnet: Fähnrich Susan Valera,
Aufklärungsdivision drei, Identifikationscode: A3598VAS.

Sie händigte Kartowsky und Lakatos die Schreiben aus. „Damit seid ihr aus dem Schneider, falls man euch der Desertion beschuldigen würde. Ihr habt nur meinen Befehl befolgt."

Eine dritte Kopie befestigte sie mit einem Klebestreifen am Tisch, auf dem das Funkgerät stand. „Falls die Ablöse doch noch kommt, weiß sie wenigstens Bescheid." Dann begann auch sie, ihre Sachen zu packen.

__Andreas Haider__ (geboren 1979 in Linz) lebt in St. Georgen an der Gusen. Er unterrichtet hauptberuflich an einer Fachschule für Pflegeberufe. Daneben veröffentlicht er Kurzgeschichten, Satiren und Lyrik auf Hochdeutsch und in Mühlviertler Mundart. Außerdem tritt er als Musiker und Kabarettist auf.

An der Front

Dominik Drescher blickte tief besorgt in die Nacht. Hier draußen, etwa zwei Kilometer von der belarusischen Grenze entfernt, war man an einem der gefährlichsten Frontabschnitte. Seine Kameraden lagen ebenfalls in den Schützengräben, um Lettland vor den vorrückenden Truppen der Östlichen Verteidigungsunion zu beschützen. Es war ein Stellungskrieg, trotz der Drohnen und automatischen Robotereinheiten.

„Was soll ich hier eigentlich?", murmelte Dominik. Drescher gehörte zu einer deutschen NATO-Einheit, die versuchte, ihre Länder vor der ÖVU schützen. Doch wenn er sich so umsah, dann gab es nicht mehr sehr viel, was man schützen konnte.

Da ertönte ein Brummen und die Erde erbebte. Was war denn jetzt los? Entsetzt warf er sich auf die Erde. So etwas hatte er ja noch nie erlebt. Ein schrecklicher Druck presste ihn zu Boden. Dominik schrie entsetzt auf. Er hatte das Gefühl, es würde ihn zerreißen. Verzweifelt robbte Dominik vorwärts – so gut es ging. Plötzlich ging es abwärts, er fiel in eine bodenlose Tiefe und Schwärze umfing ihn.

Stöhnend erwachte Dominik aus seiner traumlosen Bewusstlosigkeit. Was war denn nur geschehen? Er erinnerte sich nur, dass er abgestürzt war. Verdammte Weißrussen! Was hatten die nur getan? Natürlich hieß das nicht, dass dies wirklich ein Angriff von Belarus auf seine Einheit war. Es kämpften so ziemlich alle ÖVU-Nationen gemeinsam, genau wie es auch die NATO-Staaten taten.

Er musste seine Kameraden finden. Bestimmt würden sie sich neu gruppieren. Mühsam stand er auf. Das Loch, in das er gefallen war, würde kein großes Hindernis für ihn sein. Er blutete leicht aus Nase, Mund und Ohren, wie er bemerkte. Er klopfte sich ab und bemerkte, dass er offenbar nicht schwerer verletzt war. Hoffentlich hatte der Angriff keine inneren Blutungen ausgelöst. Vorsichtig machte er sich an den Aufstieg. Es schien, als wäre durch die Druckwelle ein Teil des Erdreichs eingestürzt. Da hatte er wohl noch mal Glück gehabt.

Womit hatten die seine Stellung wohl beschossen? Immer wieder stürzten Teile des Geröllhügels herunter, sodass er nur sehr langsam vorankam.

Mühsam schob sich Dominik über den Kraterrand. Endlich wieder der Himmel über ihm. Verwundert sah er, dass es stockfinster war. Wie lange war er bewusstlos gewesen? Vorsichtig stand er auf und kramte aus seinem Rucksack die Nachtsichtbrille hervor und setzte sie auf. Endlich sah er wieder etwas.

Doch was er erblickte, ließ ihm das Blut in den Adern gefrieren. Alles war weg! Alle Stellungen und der Hügel, der sie von den Belarusen getrennt hatte. Er war in einer topfebenen Landschaft. Es war totenstill. Welche Waffe war hier nur eingesetzt worden und warum hatte er überlebt?

Verwirrt blickte er zum Himmel und erstarrte. Der Himmel war weg! Wo sich zuvor Sterne, Sonne oder Wolken gezeigt hatte, klaffte eine gewaltige Finsternis. Erst jetzt wurde ihm klar, wie kalt es geworden war. War das möglich? Hatten diese Wahnsinnigen von der ÖVU etwa Atomwaffen eingesetzt? Aber das wäre der Untergang. Die NATO würde nicht lange zögern.

Ihm wurde ganz anders. Warum war er nicht verbrannt? Natürlich wusste er auch, dass er vermutlich von radioaktiver Strahlung getroffen worden und sein Schicksal besiegelt war, aber so einfach würde er sich nicht ergeben. Wenn es wirklich so war, stand die Erde vor einem nuklearen Winter. Er musste hier weg. Irgendwo musste es doch noch etwas geben. Er weigerte sich, einfach zu glauben, dass er der letzte Mensch auf Erden war.

Mühsam stolperte er weiter. Plötzlich hörte er ein Stöhnen. Sein Herz machte einen Satz. Da war jemand! Eilig wandte er sich in die Richtung, aus der das Stöhnen zu kommen schien. Zwischen den Trümmern erblickte er ein weiteres Loch. Offenbar war er nicht der Einzige, der diese Idee gehabt hatte. Vielleicht war die Menschheit doch nicht untergegangen. Im diffusen Dämmerlicht blickte er in das Gesicht eines jungen Burschen, bestimmt nicht so alt wie er. Er trug die Uniform von Belarus.

„Heda, Soldat! Verstehen Sie mich?", versuchte es Dominik auf Englisch. Er griff sicherheitshalber nach seinem Gewehr. „Sieht so aus, als wären wir die Einzigen, die noch übrig sind. Wir sollten die Gewehre vielleicht stecken lassen", schlug er vor.

„Sie wollen mich betrügen! Sie sind einer von denen“, erwiderte der Soldat in Englisch mit starkem Akzent und griff nach seinem Gewehr.

So hatte sich Dominik das aber nicht vorgestellt. „Warten Sie! Sehen Sie sich doch mal um! Alles ist weg. Womit auch immer wir hier heute beschossen wurden, ich glaube nicht, dass es noch jemanden gibt, der sich dafür interessiert, worum es in diesem Krieg geht. Vermutlich haben das die meisten sowieso schon vergessen. Ich bin es leid, euch ÖVUler zu hassen, egal, ob ihr jetzt Russen, Belarusen, Chinesen, Nordkoreaner oder sonst irgendetwas seid. Wir sind doch alles Menschen. Und sehen Sie mal, wohin uns das gebracht hat! Die Sterne sind verschwunden und offenbar steht uns ein nuklearer Winter bevor. Sollten wir beide das hier überleben, glaube ich nicht, dass die Nation noch eine Rolle spielt. Wir müssen hier weg und das schaffen wir nur gemeinsam“, beschwor er den Fremden. Dominik konnte sehen, wie der andere Soldat nachdachte.

Da warf der feindliche Soldat seine Waffe wütend zu Boden. Offenbar hatte ihn Dominiks Worte überzeugt.

„Wie heißen Sie?“, wollte der wissen.

„Aleg, ich bin aus Belarus. Du hast recht, NATO-Junge. Ich bin zwar kein Freund von euch, aber es scheint wirklich so, als sei alles vorbei. Vielleicht sollten wir uns zusammentun, egal, was passiert“, bestätigte Aleg.

Dominik atmete erleichtert auf. „Tja, zunächst sollten wir erst einmal sehen, dass wir hier wegkommen. Egal, ob wir in der NATO oder der ÖVU ankommen, hier werden wir nicht überleben“, stellte er fest. Er griff in seine Uniformtasche und holte einen Kompass heraus. Was sollt denn das? Das verdammte Ding drehte sich im Kreis. „Also entweder ist der Kompass kaputt oder diese komische Waffe, die unsere Stellungen getroffen hat, sorgte dafür, dass alles magnetisch ist. Sehr seltsam“, stellte er fest.

In dieser wolkenverhangenen Dämmerung konnte man schlecht sehen und die Orientierungspunkte waren weg. Vermutlich war es egal. Gemeinsam gingen sie los. Sich vorsichtig umsehend, ging Dominik voraus. Irgendwie war ihm klar, dass Aleg ihn nicht hinterrücks töten würde. Der war genauso wenig freiwillig hier wie Dominik. „Übrigens, ich heiße Dominik und bin aus Deutschland“, erklärte er, als ihm bewusst wurde, dass er sich gar nicht vorgestellt hatte. Aleg brummte nur bestätigend. Sehr gesprächig war der ja nicht gerade. Vielleicht war es auch besser so.

Die Schicksalsgefährten kämpften sich durch die eiskalte Dunkelheit. Die Temperatur war unter den Gefrierpunkt gefallen und es schneite.

„Wir müssen einen Unterschlupf finden, wir werden nicht mehr sehr lange durchhalten", rief Aleg den Sturm übertönend.

Dominik nickte zustimmend. Die Frage war nur, ob sie hier etwas finden würden. „Was ist das?", rief Dominik und deutete auf die Schemen, die plötzlich in dem Grau aufgetaucht waren.

So schnell sie konnten, gingen sie weiter. Da stolperte der Deutsche. Da lag ein Ortsschild. Dominik legte den Kopf schräg. „Ich kann das nicht lesen, was heißt das?", erkundigte er sich.

Aleg kniete nieder. „Hrodna!", rief er nur entsetzt.

„Was?", wollte der NATO-Soldat verwirrt wissen.

„Das steht da! Bei Gott, es ist nichts mehr da, nur noch diese Ruinen! Hier lebten einst vierhunderttausend Menschen! Sie wurden regelrecht vaporisiert!", erklärte der Belaruse erschüttert.

Dominik blickte seinen Schicksalsgenossen betroffen an. Er verstand ihn. Wer konnte schon wissen, ob seine Heimatstadt Freiburg noch existierte? War auch dieser Ort dem Erdboden gleichgemacht worden wie Hrodna? „Komm schon, wir müssen weiter, wir können hier nichts mehr tun", drängte er.

Mühsam erhob sich Aleg. Man konnte sehen, wie erschüttert er war. Gemeinsam stolperten sie weiter.

Dominik wusste nicht, wie lange sie gemeinsam durch die diffuse, eiskalte Nacht des nuklearen Winters gestolpert waren. Hin und wieder gelang es ihnen, Tiere zu fangen, und sie fanden auch die ein oder andere Quelle, doch das Wasser daraus schmeckte meist bitter. Als sie wieder einmal erschöpft an einem kleinen Lagerfeuer saßen, spuckte Aleg auf einmal aus.

„Verflucht sei die Menschheit! Wie konnten wir es nur so weit kommen lassen?", rief er aus.

„Das stimmt. Wir haben uns vom Hass leiten lassen und von unserem elenden Nationalismus. Das ist dabei herausgekommen. Ich bin kein Idealist, aber ich glaube, hätten wir einander nicht gehasst, wäre es anders gekommen", philosophierte er.

„Und jetzt ist es zu spät“, erwiderte Aleg resigniert.

„Wir haben immer noch unser Leben. Das mag im Moment nicht viel wert sein, aber ich weigere mich, weiterhin zu glauben, wir beide seien die Letzten. Wir dürfen die Hoffnung nicht aufgeben“, beschwor Dominik seinen Schicksalsgefährten.

Doch Aleg schüttelte nur den Kopf. „Selbst wenn du recht hast. Was wird es denn bringen? Glaubst du wirklich, der Mensch lernt aus dieser Katastrophe? Wir werden etwas jammern und dann gehen die Mächtigen und die, die ihnen folgen, wieder zur Tagesordnung über und nichts ändert sich“, begehrte er auf.

Dominik sah seinen unfreiwilligen Freund scharf an. Hatte er wirklich recht? Doch ehe er etwas erwidern konnte, vermeinte er Stimmen zu hören. Gemeinsam sprangen die Soldaten auf und griffen nach ihren Waffen.

„Waffen fallen lassen“, rief eine Stimme, gleich darauf durchbrach gleißendes Licht die Nacht.

Sie waren umzingelt. Fluchend warf Aleg seine Waffe zu Boden. Es hatte keinen Sinn. Auch Dominik hob die Hände. Eine Reihe von Soldaten mit seltsamen Hoheitszeichen rannte auf sie zu und nahm ihnen ihr restliches Gepäck ab.

„Mitkommen!“, befahl eine Frau, offenbar die Anführerin der Einheit. Widerstandslos gingen sie mit.

Dominik blickte die Soldaten verstohlen an. Was war denn das für ein bunt gemischter Haufen? Es waren offenbar Leute aus der NATO und der ÖVU dabei. Wie konnte das sein? Auch war dieses Lager überaus aufgeräumt, so etwas hatte Dominik schon lange nicht mehr gesehen. Sie hatten keine Zelte, sondern richtige Steinhäuser errichtet. Die waren zwar einfach, aber immerhin besser als nichts.

„Magistrat, wir haben diese Soldaten aufgegriffen“, erklärte einer der Wächter.

„Sehr schön. Ich bin Bautista Moreno, Bürgermeister von Navadia. Willkommen in unserer Zuflucht. Bitte sehen Sie mir unseren etwas rüden Empfang nach, aber wir hatten einige Sicherheitsprobleme“, stellte sich der Fremde vor.

„Ich bin Dominik Drescher und das ist Aleg …“, wollte Dominik gerade vorstellen, als ihm einfiel, dass Aleg ja nie seinen Nachnamen genannt hatte.

„Kowal“, sagte dieser nur.

Dominik nickte nur. „Unsere Einheiten wurden bei einem Angriff vernichtet, wir sind die einzigen Überlebenden", erklärte er.

„Herr Drescher, ich muss Ihnen zu meinem Bedauern mitteilen, dass alle Städte, die etwas größer waren, von anbarischen Hyperdruckbomben getroffen und zerstört wurden. Es scheint nur wenige Überlebende zu geben. Dieses Tal, in dem wir sind, hat uns geschützt. Das ist Navadia, gegründet bereits zu Beginn des Krieges von den klügsten Köpfen der internationalen Gemeinschaft mit dem Ziel, jenen eine Zuflucht zu bieten, die sie brauchen. Sie können hierbleiben, wenn Sie wollen. Es gibt nur eine Bedingung: Sie lassen Ihren Nationalstolz draußen. Hier sind wir alle Navadianer, egal, woher wir bisher kamen, verstanden?", erklärte Moreno.

Dominik und Aleg blickten sich an. „Wir haben gemeinsam einiges durchgemacht. Wir sind nur Soldaten. Jetzt, wo unsere Länder nicht mehr sind, warum sollten wir einander noch hassen?", erklärte Aleg inbrünstig.

Moreno lächelte. „Dann willkommen in unserer Gemeinschaft", begrüßte er die Neuankömmlinge.

Dominik blickte hinauf zu dem stahlgrauen Himmel. Sie mochten die Sterne verloren haben, aber vielleicht gab es mit Navadia einen neuen Stern hier auf der Erde, ein Leuchtfeuer in der Nacht für all jene, die ein neues Zuhause suchten.

Florian Geiger, *wohnhaft in Lörrach, geboren am 10. Februar 1982 in Heidelberg, schreibt seit seiner Kindheit gerne Geschichten, besonders aus den Bereichen Science-Fiction und Fantasy. Bisher konnte er Kurzgeschichten in verschiedenen Verlagen veröffentlichen. Website: https:// floriantobiasgeiger.jimdofree.com, Friendica im Fediversum: https:// opensocial.at/profile/anarcheron.*

Endloser Krieg?

Keine Ruhe, denn
Rumoren tut es ständig
Irgendwo auf der Welt
Entspringt immer wieder aufs Neue
Gewalt, so auch in Navadia.

Krieg entfacht recht schnell und
Rächt richtig böswillig
Immer wieder irgendetwas
Eiskalt mit Gewalt.
Gewalt ist das Mittel der Wahl.

Kämpfend
Regelt dann
Irgendwer
Es oftmals mittels roher
Gewalt.

Krieg
Riecht daher
Immer nach grauenvollem
Elend und brutaler
Gewalt …

Krieg
Ruiniert so alles und
Ist purer Egoismus,
Einfach nicht mehr aufhören wollende
Gewalt und Zerstörung.

Krieg! Nichts als Krieg …
Reiner egoistischer Wahn
Ist dabei die
Entsetzliche
Grundlage aller Gewalt.

Kompromisse sind undenkbar.
Rücksichtslos handeln
Ist selbstverständlich.
Eine Umkehr zum Guten wird nicht gewollt.
Gnadenlos Frieden ablehnen.

Krieg einfach machen …
Raufbold sein, drauflos wüten.
Irre werden,
Erbarmungslos alle Menschen entwürdigen,
Gewalt und Hass hemmungslos ausleben.

Krieg endlos weitermachen,
Rabiater als rabiat.
Immer nur das Böse wollen.
Einfach alles kaputtmachen.
Gewalt und Zerstörung als Lebensalltag.

Krieg, das ist die Lebenswelt.
Ruiniert ist alles Leben.
Irritiert und irre ist das Lebensgefühl.
Erniedrigung anderer ist der Lebenswille.
Gewalt, das ist der Lebenssinn!

Keine Achtung vor Menschenleben.
Radikalität ohne Moral und Anstand.
Würde ist unbekannt.
Radikalität ohne Moral und Anstand.
Insania, geisteskranker Wahnsinn pur!
Endgültig ist alle Welt zum Untergang verdammt.
Gnadenlos siegt das Böse.

Kriegszeit ist eine Unzeit,
Richtet die Welt ins unheilvolle Verderben,
Ist die Hölle pur.
Ein Entkommen scheint nicht möglich.
Gesichert ist aller Ende.
Keiner wird überleben.
Rettung ist keine in Sicht.
Idioten lassen sich einfach unterkriegen …
Etwas tun müsst ihr daher!
Gegenwehr leisten ist jetzt angesagt!

Keiner soll ungeschoren davonkommen.
Richtet endlich die Bösewichte hin!
Inständig kämpft gegen alles Böse!
Erheben müsst ihr euch für den Frieden, für das Gute!
Gewalt bringt doch nichts, außer Tod und Verdammnis …

Kehrt die Zustände um fürs Leben!
Ringt um Frieden für das Wohl der guten Menschen!
Integriert euch nicht mehr in den Krieg der Bösen!
Erringt doch eine bessere, gute, lebenswerte Welt!
Gewalt muss tabu sein, rigoros verboten werden!

Kampf, Krieg für den Frieden ist zwar auch Krieg,
Richtet aber die Welt neu aus und
Ist für die Ausrottung alles Bösen gut.
Ein endlos erscheinender Krieg …
Gewinnen wird wohl nur der Krieg – doch welcher und wie?

(Akrostichon: Krieg, Krieg, Krieg …)

Juliane Barth, *Jahrgang 1982, lebt im Südwesten Deutschlands. Sie schreibt als Hobby seit jeher sehr gerne, u. a. Gedichte, Kurzgeschichten und Sachtexte. Veröffentlichungen in diversen Anthologien: https://sacry-decs.hpage.com.*

Versteckt in Stein und Zeit

Es gibt Orte, die niemand mehr betritt. Verfallene Tempel, Höhlen im Nebel, versunkene Städte oder unscheinbare Mauern am Ende eines Waldpfads. Hier, tief verborgen, liegen die Portale – uralte Tore in andere Welten. Einst waren sie offen, doch dann wurden sie versiegelt, vergessen, verflucht.

Deine Geschichte beginnt genau hier: In dem Moment, in dem eines dieser Portale sich wieder öffnet. Ist es Zufall? Ist es dunkle Magie? Wir suchen fantastische Geschichten (High Fantasy, Dark Fantasy, Urban Fantasy, Mythpunk, Portal Fantasy), die uns mitnehmen an die Schwelle zwischen den Welten – und darüber hinaus.

Einsendeschluss ist der 15. Oktober 2025

Einmal blinzeln, Geschichte vorbei

Es braucht keine epischen Romanbände, keine ausufernden Weltentwürfe, keine langatmigen Erklärungen, um schöne Geschichten zu erzählen. 300 Wörter – mehr nicht. So viel Raum haben Sie, um eine Welt zu erschaffen, ein Leben zu erzählen, eine Pointe zu setzen.

Wir suchen Flash Fiction – die Kunst der Verdichtung. Texte, die so kurz sind, dass man sie in einem Atemzug liest, aber so kraftvoll, dass sie lange nachhallen. Texte, die fesseln, überraschen, berühren oder schockieren. Das Thema? Ganz Ihnen überlassen. Drama oder Horror, Science-Fiction oder Liebe, Fantasy oder Krimi, düster oder witzig, laut oder leise – alles geht, solange Sie in 300 Worten zeigt, was Literatur kann.

Einsendeschluss ist der 15. Juni 2025

Heimat erleben Geschichten erzählen

**Neue Anthologiereihe öffnet Türen
zu literarischen Schätzen Deutschlands**

Die neue Anthologie-Reihe „Heimat erleben, Geschichten erzäh-len" widmet sich der Vielfalt des literarischen Lebens in Deutsch-land. Mit 41 deutschen Regionen und vier Großstadtmetropolen im Mittelpunkt, wie beispielsweise dem Schwarzwald, dem Siegerland, der Lüneburger Heide, der Uckermark, dem Harz, der Sächsischen Schweiz oder den Städten Hamburg und München, stellt diese Rei-he das reiche kulturelle Erbe, die vielfältigen Traditionen und die besonderen Charakteristika der deutschen literarischen Regionen heraus. Ziel ist es, eine Plattform zu schaffen, die Autorinnen und Autoren die Möglichkeit bietet, ihre Werke in einem breiten, litera-rischen Kontext zu veröffentlichen und so die literarischen Schätze der deutschen Regionen zu bündeln.

Mit dieser Anthologie startet ein neues Projekt, das dazu einlädt, das literarische Leben Deutschlands authentisch und kreativ zu erkunden. Schon in früheren Ausschreibungen wurden ähnliche thematische Schwerpunkte gesetzt, doch „Heimat erleben, Geschichten erzählen" verfolgt nun das umfassende Ziel, die literarischen Stimmen der Regionen auf eine größere Bühne zu heben und zusammenzuführen.

Die Auswahl an Genres und Themen ist bewusst breit gefächert: Eingereicht werden können Erzählungen, Sagen und Märchen, Gedichte, Anekdoten, Mundarttexte, Historisches, Reiseberichte, Kurzkrimis, Fabeln, Legenden, Tagebucheinträge, Porträts, Lieder und Autofiktion – um nur einige zu nennen. Auch Bilder, historische Fotografien und Illustrationen sind willkommen, um die einzelnen Regionen noch anschaulicher darzustellen. Die Ausschreibungen sind für Schreibende jeden Alters offen, die Geschichten können unabhängig von der Herkunftsregion der Autorin oder des Autors eingereicht werden. Auch Mundarttexte sind ausdrücklich erwünscht, um die kulturelle Vielfalt Deutschlands authentisch einzufangen und den Charme der einzelnen Regionen erlebbar zu machen. Einsendeschluss für die Anthologie-Ausschreibungen ist der 30. Juni 2025.

Weitere Informationen unter
www.papierfresserchen.eu